C 文库

# 身为一只象

敦·德勒根作品集

［荷］敦·德勒根 / 著
蒋佳惠 / 译

2025年·厦门

图书在版编目（CIP）数据

身为一只象：敦·德勒根作品集 / (荷) 敦·德勒根著；蒋佳惠译. -- 厦门：鹭江出版社，2025.6.
(C文库). -- ISBN 978-7-5459-2516-6

Ⅰ. I563.45

中国国家版本馆CIP数据核字第2025E4993C号

福建省版权局著作权合同登记号 图字：13-2025-010号

Het wezen van de olifant © 2010 Toon Tellegen
Originally published by Em. Querido's Uitgeverij Amsterdam
© Cover illustration Mance Post/Literatuurmuseum
Simplified Chinese translation © 2025 by Light Reading Culture Media (Beijing) Co., Ltd.
All rights reserved.

| 出版人 | 雷 戎 |
|---|---|
| 选题策划 | 轻读文库 |
| 责任编辑 | 林烨婧 |
| 特约编辑 | 张雅洁 |
| 装帧设计 | 马仕睿 @typo_d |
| 美术编辑 | 朱 懿 |

SHENWEI YIZHI XIANG：DUN DELEGEN ZUOPINJI

**身为一只象：敦·德勒根作品集**

[荷] 敦·德勒根 著　蒋佳惠 译

| 出 版： | 鹭江出版社 | | |
|---|---|---|---|
| 发 行： | 鹭江出版社 | | |
| | 轻读文化传媒（北京）有限公司 | | |
| 地 址： | 厦门市湖明路22号 | 邮政编码： | 361004 |
| 印 刷： | 河北鹏润印刷有限公司 | | |
| 地 址： | 河北省沧州市肃宁县经济开发区宏业路北侧 | 联系电话： | 0317-7587722 |
| 开 本： | 730mm×940mm　1/32 | | |
| 印 张： | 5.125 | | |
| 字 数： | 87千字 | | |
| 版 次： | 2025年6月第1版　2025年6月第1次印刷 | | |
| 书 号： | ISBN 978-7-5459-2516-6 | | |
| 定 价： | 30.00元 | | |

本书若有质量问题，请与本公司图书销售中心联系调换
电话：(010) 52435752

未经许可，不得以任何方式
复制或抄袭本书部分或全部内容
版权所有，侵权必究

## 身为一只象

# 目 录

身为一只象
01

大象在无眠的
夜晚写下这些
129

身为一只象

# 1

阳光透过窗户照射进来。这一刻,大象醒了。

他喊了一声"哎哟",小心翼翼地摸了摸头上的肿包,然后翻了个身,又大声一点儿地喊了几声"哎哟",便起身了。

他伸了个懒腰,发誓无论发生什么事,他都再也不爬树了,更不要掉下来。他端详着镜子里的自己,摇了摇头。他觉得自己看上去十分可怜。接着,他走到屋外。

他走进森林,想象着假如他真的再也不爬树,会发生些什么。

我再也不会摔倒,他想,再也不会疼,也再也不会后悔。

这些都有益处。

然而,他十分确信,其中也有坏处。

他想:更何况,如果我不爬树,就会有别人去爬树。他也许会摔得比我更惨,到时候,这就成了我的罪过。

他点点头,在一棵树下停下脚步,抬头望去。

他又摸了摸后脑勺上的肿包,试图提醒自己,他已经郑重地发过誓,决定再也不爬树了。

可是,什么是"郑重"呢……他一边鄙夷地想着,一边耸了耸肩膀。

他清了清嗓子,开始爬树。他爬到了顶端,环顾四周,看到远方。他高兴地喊道:"远方!我看到远方了!"他兴奋地迈出舞步,做了一次单脚尖旋转,打了一个趔趄,摔了下来,大喊一声:"哟吼!"然后,重重地摔在地上。

几个动物看到或听到了他的坠落,心中不由得多了几分对他的思虑。

过了一会儿,他呻吟着站起身,跌跌撞撞地向前走去。那一天剩下的时间里,他的脑子一片混乱。

在距离第一棵树不远的地方,他又爬上了第二棵树,接着是第三棵。

黄昏时分,他拖着沉重的脚步,轻轻地呻吟着,一步一步往家挪去。

回到家里,他爬上床,瞬间进入了梦乡。

那一夜，他没有爬树。

夜半时分，他醒了。回想起前一天发生的事，他感到浑身酸痛，觉得自己愚蠢、固执、目光短浅、不讲道理、不可理喻、荒谬至极、一无是处。

他望着天花板，静静地躺了很久很久。

终于，他拿起一张纸，写下了自己的想法。

之后，他重新入睡，一直睡到阳光透过窗户洒进来。

# 2

"如果你是我的话，松鼠……"有一回，大象问松鼠。

那是夏日里的一个午后，他们一同坐在松鼠的家里。窗户敞开着，阳光透进来，斜斜地洒在桌子上。桌子上的茶杯是他们之前用来喝茶的。在光芒的照耀下，微小的尘埃翩翩起舞。远处，椴树顶端传来红襟鸟的歌唱。

"……你还想爬树吗？你明明知道自己其实不会爬树，肯定会摔下来，而且肯定会摔疼……"

松鼠没有说话。大象抿了一口茶，继续说着。

"……如果你爬到了树顶，你会不会四处张望，感受心脏因为见到远方的幸福而怦怦直跳？你会看到广阔的远方、从未见过的远方,你会不会大声呼喊:'远方!我看到远方了!'然后金鸡独立,单脚尖旋转……"

他停顿了一下,斜着眼睛瞅了瞅松鼠。可是,松鼠一言不发,只是搅动着杯子里的茶。

大象瞟了一眼桌子上方的吊灯,继续说着。

"……尽管你知道,你根本不会单脚尖旋转,尤其还要金鸡独立,更别提是在树顶上,毕竟,那里根本没有地方让你单脚尖旋转,即使是十分擅长单脚尖旋转的人也不可能在那里完成这个动作,你知道吗,那里甚至容不得人们金鸡独立……"

松鼠站起身,给杯子添满茶。他们各自喝了一口。

"……毋庸置疑,你一定会摔下来,穿过树枝,重重地摔在地上,浑身摔得生疼,所有能碎的地方都碎了,你甚至不知道自己在哪里、自己是谁。"

大象又抿了一口茶,放下茶杯,清了清嗓子,咬着嘴唇,把长鼻子搭在脖子后面,要不然,他实在不知道该把它放在哪儿。松鼠也放下杯子,揉了揉额头,挠了挠后脑勺,然后说道:"是的。"

# 3

有一天，大象想：如果每个人都是我，那么大家都会爬树——松鼠、蚂蚁、长颈鹿、甲虫、野牛、金龟子、鼹鼠、蝴蝶……森林里的树木恐怕勉强够用。

他走在森林里，春天的气息弥漫四周。高高的椴树顶上，红襟鸟在唱歌，河边的芦苇丛中，青蛙在呱呱叫。

如果大家都站在树顶上，那么，大家都高喊着："远方！我看到了远方！"然后蹦起来，跳起舞。有的跳华尔兹，有的跳波尔卡，每个人都跳着不同的舞步。也许，大家甚至会幸福得来一个单脚尖旋转，或者翻个筋斗。太阳落山时，成百上千乃至成千上万的动物或许会一起在树顶翩翩起舞……

他停止思考，坐在苔藓上，背靠着一棵山毛榉的树干。

他深深叹了一口气，不一会儿，他又禁不住思考起来。只有我会摔下来，他想。大家都能爬下去，或者飞走，或者轻轻飘落，又或者慢慢滑翔，只有我不会。

他紧闭双唇，把长长的鼻子甩在脖子后面，紧紧闭上眼睛。

他觉得生活很不公平。

但是，说不定，这恰恰是公平的体现，他突然想。也许，谁都不摔下来，唯独他摔下来正是无比公平的事。也许，这就是世界上最公平的事情。

他想起了那些他爬过的树。那些树公平吗？月亮呢？月亮算得上公平吗？到底什么是公平？

太阳落山，月亮升起。到了夜半时分，他依然坐在原地，终于，他在山毛榉树下的草地上睡着了。这一幕被松鼠看见了，他原本走出屋外是为了倾听远处猫头鹰的叫声，那是他从来都不怎么听得懂的声音。松鼠蹑手蹑脚地从树上爬下来，轻轻地为大象盖上了一条毯子，然后又蹑手蹑脚地爬回树上，回到家里，爬上床。

# 4

一个温暖的、风平浪静的早晨，大象坐在河岸上，陷入了沉思。

不远处，旋风甲虫在波平如镜的水面上行走。

大象抬起头，说道："你好，旋风甲虫，你在那儿做什么？"

"你好，大象，"旋风甲虫说，"我在写字。"

"你写什么？"

"我不知道。"

"你不知道什么？"

"这个我可不写。"旋风甲虫说。

大象清了清嗓子，问道："旋风甲虫，如果你是我，你会怎么做？"

"如果我是你,"旋风甲虫回答道,"我会坐在那里,坐在你现在坐的地方,看着对方,问'如果我是你的话,我会做什么'。"

大象沉默了。他又陷入了沉思。与此同时,旋风甲虫继续写着字。

太阳爬上河对岸的树梢,过了一会儿,大象用嘶哑的声音说道:"我想爬树,可是嘛……"

旋风甲虫停下写字,回答道:"如果我想爬树,我就会写'我想爬树',然后我就去爬树。"

大象点点头,说:"是啊,但是,你不会摔下来。"

旋风甲虫摇摇头说:"有时候,我会写'我摔下来',然后,我就摔下来了。"

"但你不会摔得很重。"

"如果我写'摔得很重',我就会摔得很重。"

"但是不会疼。"

"如果我写'会摔疼',那就会摔疼。"旋风甲虫说道。

他思索了一下,又说道:"有时候,我也会这么写。"

"可是,你为什么要这么写呢?你完全可以不写啊。"

旋风甲虫沉默了一会儿,然后说道:"你也不是非爬树不可,不是吗?"

大象垂下肩膀,沮丧地望着水面,没有说话。

太阳在湛蓝的天空中越升越高。远处,一只红襟鸟在橡树顶上歌唱。

"现在,我要写'我累了'。"过了一会儿,旋风甲虫说道。

"你真的累了吗?"大象问。

"如果我写了,那我就累了。"

大象沉默不语。

不一会儿,旋风甲虫说:"现在,我要写'我睡着了'。"

"那不可能。"大象说。可是,旋风甲虫已经一动不动地躺在水面上,翅膀收得紧紧的。

大象站起来,俯下身看着水面,读道:"我睡着了。"

旋风甲虫缓慢而平稳地呼吸着。

大象盯着他看了好一会儿。他想,等他醒来时,会不会立刻写下"我醒来了"呢?可是,他只有在醒来后才能这样写吧?

大象的额头上出现了深深的皱纹。

他想,那么,如果旋风甲虫写道"我永远都不再写字了",那么,他就真的永远都不再写字了吗?然而,如果他永远都不再写字,那么他就永远不会再写自己疼痛,这样一来,他就真的永远都不再疼痛了吗?如果他是我,他会思考这些问题吗?

随后,他一边走进森林,一边继续思考爬树和跳舞。这才是他无时无刻不在思考的事情。

# 5

一天早晨，大象走在森林里，心里盘算着今天是不是又该像往常那样爬到一棵树上，然后很有可能再次摔下来，导致他一整天都得弯腰走路，遭受疼痛，还得拒绝生日派对或其他活动的邀请。就在这个时候，他看见犀牛躺在橡树下的草地上。

犀牛侧身躺着，发出轻微的呻吟声。他紧闭双眼，身边散落着断枝和树叶。

"犀牛！"大象说道，"这里发生了什么？"

犀牛睁开眼，看到大象，于是用沙哑的声音说道："啊，大象，我爬上了橡树……我几乎不敢相信，但这是真的。我真的很想爬一次树，见一见远方……"

他揉了揉后脑勺，不说话了。

"然后呢？"大象问道。

"然后……"犀牛低声说道，"我爬到了树顶，看到了远方，然后……"

他又不说话了，小心翼翼地想扶正鼻子上的角。

"然后呢？"大象追问道。

"你肯定觉得难以置信，大象，我当时太高兴了，莫名之中，我居然跳起舞来。你能想象吗？那可是在橡树顶上跳舞啊！"

"不能。"大象说。

"我甚至试着做了一个单脚尖旋转！想象一下，单脚尖旋转，我，犀牛……"

大象没有吱声。

"当然了，我不应该那么做的，绝对不应该。"

"是的。"大象说。

"我根本不会跳舞！"

"是的。"

"那一刻，我仿佛完全变成了另一个人。"

"是的。"大象说。他的声音很轻，轻得犀牛压根儿没有听见。

犀牛轻轻咳了几声，说道："嗯，然后，我当然就摔下来了。"

"是的。"

"这简直是必然的。"

"是的。"

犀牛缓缓地翻了个身,背对着大象。他的身体上出现了几处深深的凹陷。

"我太羞愧了,大象,"他轻声说道,"不要告诉别人。"

"不会的。"

"你真的不会说吗?"

"不会的。"

"我不想让别人笑话我。"

"不会的。"

"我竟然做了这么愚蠢的事……爬树……哎哟……哎哟……"

接着,他不再说话,只是,他仍然疼得不住地呻吟,鼻子上的角依然歪着。

# 6

一天晚上,大象琢磨着自己。

他不知道该如何看待自己。

我必须对自己有个看法吗?长时间的思索未果后,他想。这是谁规定的呢?

他挠了挠后脑勺。

或许我该问问蚂蚁,他想。蚂蚁,你觉得我应该如何看待我自己……

他摇了摇头。

他肯定会谈论爬树和摔倒的事。可是,我想听的不是这些啊。

他皱起眉头。

我想听的是什么呢?他想,这个嘛,我也应该去问蚂蚁。蚂蚁,除了摔倒和爬树,我还想听什么?我的意思是,我觉得……

他变得越来越严肃、越来越忧郁。

他的桌上摆着一杯茶。

突然,他听见一个声音。那个声音说:"我凉了。"

他环顾四周,却没看到任何人。

"是我,"那个声音说,"你的茶。"

大象睁大了眼睛看着他的茶杯。

"我不知道你会说话。"他说。

"我会。"茶杯说。

四周一片寂静。

"你还会做别的吗?"大象问。

"爬树。"

"爬树?"

"是的,爬树。你难道没听说过吗?"

"听说过。"

"你瞧好了。"茶杯说道。它缓慢而又平静地沿着一条桌子腿爬了下来,爬到地上,然后爬过一段路,朝着墙边走去,沿着墙壁向上爬,直奔天花板。

"小心点儿!"大象喊道。

"为什么?"刚刚爬到墙壁半道上的它停下脚步。

"那样很危险。"

"为什么?"

"你会摔下来的。"

"那又怎么样?"

"你会摔成碎片的。"

"那很严重吗?"

"嗯……严重……"一瞬间,大象不知道该怎么回答。他在心里想,这个嘛,我也得问问蚂蚁。蚂蚁,摔下来严重吗?万一摔成碎片,会很严重吗?

茶杯继续往上爬,来到天花板上,又沿着天花板,倒挂着爬行,一直爬到吊灯旁。然而,它连一滴茶也没有洒出来。它沿着吊灯的电线往下爬,渐渐晃动起来。

"小心点儿!"大象喊道。

"哟吼!"茶杯喊叫着,似乎是高兴地欢呼。

它越晃越厉害。

大象用长鼻子捂住眼睛,把耳朵合得紧紧的。

不一会儿,他听见什么东西掉落和破碎的声音。

他一动不动地坐了很久。随后,他小心翼翼地打开耳朵,移开挡着眼睛的鼻子。

茶杯就在他面前的桌子上。吊灯还在微微地晃动,不过,这也有可能是被窗外进来的风吹的。

大象拿起茶杯,一口气喝了个精光。

接着,他又泡了一杯茶,等待了片刻,然后一口一口地呷了起来。真好喝啊。他一边想,一边怡然自得地深深叹了口气。

茶喝完后,他开始思考自己还要问蚂蚁什么问题。很多问题。他想。

　　他站起身，来回踱步，在窗前驻足，望着屋外。

　　夜深了，冬天悄然而至。一阵寒冷的风从窗台的缝隙间吹进来。说不定会下雪，他想。那样的话，等我摔下来的时候，就能摔得轻一点儿了。不一会儿，他爬上了床。

　　可是，他怎么也睡不着。

# 7

太阳悬挂在高高的天空中,俯视着沐浴在阳光中的大地。

在某个遥远的低处,太阳看到大象正躺在一棵大树下。他的身上覆盖着落叶。如果太阳有耳朵,那么,它就能听到大象轻声呻吟了。

他为什么总是摔倒呢?太阳想,他为什么就不能像我一样缓缓落下呢?难道落下很难吗?它想到了雨和雪。它们也不曾缓缓地落下,更不用说闪电了。

太阳继续往更高的地方攀升。

我从来不跳舞,它在心里想,这倒是真的。我在高高的天空中,全世界都在我的脚下。我从来不跳舞。

它四下张望，想寻找一片可以藏身的云，却什么都没找到。

肯定是因为我成天忙着照亮世界，才会没时间跳舞。又或者是因为我已经够暖和了，不用再动了。

它不知道答案。

它又叹了一口气，向正站在山毛榉树枝上的蚂蚁洒下几缕严肃的阳光。蚂蚁正在向松鼠解释着什么，松鼠站在门口，心怀感激地聆听着，感激蚂蚁从不介意自己懂得少。

如果我是大象，太阳想，我也会跳舞。就算我不小心绊倒，摔一跤，我也会欣然接受。

是啊，它继续想，如果我是大象，我就会欣然接受我的摔倒。

这个念头让它倍感满足，于是，它越发卖力地照耀，看着所有动物都喘起粗气，纷纷躲到树荫底下或高山深处，又或是一边呱呱叫，一边从莲叶上一跃而起，跳进河里，激起一阵水花。

# 8

如果我是大象,重力想,我会去寻找我自己。一旦找到了,我就会非常友好地请求自己:"重力呀,你能不能略微抬一下……我会非常感激你的……"

我一定会答应他。光是看见他那双小小的、恳求的眼睛就……

如果我是大象,我会紧接着爬到最高的那棵树上,俯瞰整个世界,幸福得跳起舞来,踏错一步后飘然离去,一边飘一边喊:"噢,重力……谢谢你!谢谢你!"

与此同时,我却惬意地半倚着,吃一口蛋糕。不用说,那蛋糕当然是大象送给我的。

我的力量会躺在我的身旁,一时间什么也不做。

可是啊，我首先得让自己变得肉眼可见才行，要不然，他根本就不知道我的存在。

重力听到远处的森林里传来一声沉闷的巨响。

大象不知道，它想，大象不知道……我该怎么让他明白，我无处不在、无时无刻不在，而且，正是我让他摔下来的，只有我，没有别人？

# 9

在地底下，在橡树的根系之间，住着鼹鼠和蚯蚓。

他们平静地生活着，时不时相互拜访，一起跳舞，一起吃泥淖蛋糕，彼此讲述没有一丝一毫光亮的故事。

但是，每隔一段时间，他们都会被吓一跳。

每到那时，都会有一声巨大的轰鸣，他们四周的大地随之震动。

他们听到从遥远的地方传来一个诸如"哎哟"之类的声音。

他们不知道这究竟是怎么一回事。

蚯蚓坚信，这是他们头顶上的太阳企图下山，撞到了地面，大呼一声"哎哟"，然后飞快地向着它原本就应该落下的地平线奔去。

他很想告诉太阳，让它停止这些举动，最好以后也不要再升起。日出又有什么意义呢？什么意义也没有！

可是，这些话只有爬到外面才能说。他才不愿意这么做呢。

鼹鼠坚信，这不过是一声平平无奇的巨响。

"那也是有可能的，蚯蚓。"他说。

"可是，那一声'哎哟'呢？"蚯蚓问。

"那不过是一个平平无奇的声音，说了一个平平无奇的词。这也是有可能的。'哎哟'只是一个平平无奇的词。"

他们从未在这个问题上达成一致意见。鼹鼠认为一切皆有可能，蚯蚓则认为这是个值得思考的问题。

有一次，他们在地底下面对着面，剑拔弩张。

"这么说来，就连我突然发光也是有可能的喽？"蚯蚓大声地喊道。

"是的！"鼹鼠喊道，"这也是有可能的！"

"那么，你突然垮掉，再也不能挖洞，还有我离开你，彻底把你忘记，这也是有可能的喽？"

鼹鼠感到眼泪上涌，可是，他不甘示弱，低声说道："是的，这也是有可能的。"

就在这时，他们紧紧抱住对方。蚯蚓说："可是，你不会垮掉,我也不会离开你,我更不会把你忘记。"鼹鼠说:"我知道,蚯蚓,我知道的。"

这时,他们听见头顶上又传来一阵轰鸣声、远处那个"哎哟"声和另一个酷似呻吟的声音。

他们肩并肩、手挽手,向更深的地底爬去,爬到橡树的根系下,直到他们再也听不到任何声音。在那里,他们喝着红茶,默默无言,紧紧地依偎在一起。

# 10

一天晚上,大象来到蚂蚁家里做客。

他们谈论着关于爬树和摔倒的事情,喝着山毛榉树皮茶。

"总有一次,"蚂蚁说,"你会摔得很重,大象,那会让你……"

他的话没有说完。

"会让我怎么样?"大象问。

"我不知道。"蚂蚁说。

"会让我摔进地底下吗?"

"不会。"

"我头上的包会大到我再也进不了任何一扇门吗?"

"不会。"

"我会疼得连怎么喊'哎哟'都不记得,只能喊些别的东西,比方说'哈'或者'咕呜'吗?"

"不会。"

"我会忘记你的生日吗?"

"不会。"

大象陷入了深思。

"我会永远不再爬树吗?"他忽然问。

"也许吧,"蚂蚁说,"只不过,这很不一样。我也不知道。"

"难道,这是一个谜吗?"

"不是。"

他们一同坐了很久,思索着如果大象摔得前所未有的重,会发生些什么。

他们觉得自己几乎就要想出来了,可还是差了一点点。

"我们要不要问问别人?"大象问。

可是,蚂蚁摇了摇头。

他翻阅起一本有关摔倒的书,书里写道:迄今为止,一个人摔得极其严重时会发生什么,依然无人知晓。

"现在还算'迄今为止'吗?"大象问。

"是的,"蚂蚁说,"一直都算。"

他们又默默地喝了一杯茶。接着,大象便回家了。沉重的思绪充满他的脑袋。他走得十分缓慢和小心,生怕撞到什么东西。

# 11

如果我是大象,麻雀想,我会先去课堂上学一学怎么爬树和摔倒。

他等待着,等到大象又一次从树上摔下来的时候,飞到他跟前,主动提出教他怎么才能不再摔倒。

"五节课,大象,"麻雀说,"如果你的天分够高,三节课就够了。我亲眼看见你已经会爬树了。对你来说,这就是一项优势。"

"好的。"大象呻吟道。他很高兴听到自己拥有这项优势。他可不想失去它。

第二天一早,课程开始了。

"如果我不摔下来,我怎么才能下来呢?"大象问道。

"喀……"麻雀微微一笑,"这就是你要学习的内容。只要我一说,你立刻就能明白。"

大象默不作声。

"爬上去吧。"麻雀说。他为大象指了一棵树,示意他爬上去。

大象爬到树顶,刚刚站稳脚跟准备跳舞时,麻雀就喊了起来:"摔下来!"

"摔下来?可是,我不想摔下来啊。"

"快摔,"麻雀喊道,"我会在你摔下来的时候告诉你,你哪里做错了。我可是来教课的。"

大象只好摔了下来。在摔落的同时,他听到麻雀大声叫喊,告诉他哪里做错了:他应当改变站姿,改变耳朵摆放的位置,改变长鼻子的摇摆方式,还有其他很多很多。

大象努力记住每一句话,而后重重地摔在地上。

好一会儿,大象睁开眼睛。"你都记住了吗?"麻雀立刻问道。

"记住了。"大象呻吟着回答。

"现在开始第二节课。你重新爬上去。"

大象咬紧牙关,又一次爬到树上。当他再次摔下来时,麻雀又开始大声叫喊,说着有关他的耳朵和长鼻子的问题,还有一句:"我刚才是怎么教你的?"

这一次,大象摔得和上次一样重。

"很好,"麻雀说,"你有进步,大象。"

进步……大象阴郁地想。他一边摸了摸自己受伤的肋骨，一边发现自己的一只耳朵已经不太灵活了。

麻雀让他坚持下去。"机不可失啊。"

机不可失。大象在心里想，机不可失，时不再来，还有什么？

他又向上爬去。这一次，他爬得很慢。当他再次站在树顶时，他又一次摔落下来。

正当他摔落的时候，他看见麻雀在地上来回跳跃。他听到麻雀大声喊叫："太棒了！你几乎已经掌握诀窍了！"

掌握诀窍……大象心想，那是什么？

接着，他又重重地摔在地上。

麻雀说，这一次，大象取得了显著的进步，只不过，他需要学的课程或许得超过三节，甚至得超过五节。

但是，这一天，大象不想再爬树了。他向麻雀道了谢。

"可惜了。"麻雀一边说，一边欢叫着飞走了。

大象一瘸一拐地回到家里。我太笨了，他想，绝对如此。我的脑子不够用。

# 12

如果我是大象,熊说,我就会多吃点蛋糕。吃得多得多。

他的身边围了一圈动物,大家都专心致志地听他讲话。

"只要吃下足够多的蛋糕,就再也不会从树上摔下来了,"他一边说,一边挥动食指,"因为你还没来得及爬树,就已经倒在地下了。"

他的目光扫过众多动物。

"我来示范一下,"他说,"这样,你们就都能明白了。"

他站起来,伸出一只脚,踩在椴树最低处的树枝上:"瞧瞧,现在我就是大象了。我现在不应该做什么？"

"爬树。"动物们回答。

"没错。那么我应该做什么呢？"

"吃蛋糕。"

"最好吃哪一种蛋糕？"

"蜂蜜蛋糕吗？"蟋蟀说。

"是的，蟋蟀，就是蜂蜜蛋糕。可是，我怎么才能吃到蜂蜜蛋糕呢？"

他环顾四周。

动物们面面相觑。随后，他们明白了他的意图，纷纷跑开了。

熊坐在地上，舔了舔嘴唇，心满意足地向后靠去。然而，过了一会儿，当他听见几个动物回来的声音时，他一个鲤鱼打挺坐了起来，匆忙把脚放回椴树最低处的树枝上，说道："来得正是时候。我差一点儿就爬到顶了。"

没过多久，所有动物都回来了。他们不仅带来了陈旧的蜂蜜蛋糕，还带来了新鲜的、没来得及发酵的蜂蜜蛋糕，甚至还有其他品种的蛋糕，那是他们确信熊会欣然接受的蛋糕。

甜蜜的香气在大树间弥漫。

一个小时后，熊躺在草地上，仰面朝天，喘着粗气。

"如果我是大象，"他呻吟道，"现在就会这样躺着。这样还能摔下来吗?"

"不能了。"动物们说。对于他的机智,他们赞叹不已。

熊抬头仰望,一眼看到椴树顶。他简直不敢想象自己站在那里眺望远方的情景。

除非远方是一块蛋糕,他想,地平线后面藏着一个巨大的蛋糕,那里就是太阳落下的地方,蜂蜜喷涌而出,如同糖和奶油一般洁白的月亮,从蛋糕里冉冉升起。

然后,他便沉沉地睡去了。动物们也纷纷回家了。他们都很高兴熊不是大象,很高兴他没有爬上高高的椴树。

# 13

　　如果我是大象，木虫想，我不会沿着大树的外侧攀爬，而是会从大树内部往上爬。等我到达顶端时，如果我被绊倒了，我就会滑下去，而不是摔下来。滑下去可不算摔。

　　他钻出一条通向外界的通道，半个身子探在外面，一把抓住正在努力爬树的大象的脚。

　　"咦，"大象喊道，"发生了什么事？"

　　"没事，"木虫说，"我抓住了你的脚。你为什么不进来，和我一起从里面往上爬呢？"

　　大象觉得这个主意不错。不一会儿，他们便一同沿着木虫刚刚钻出来的一条长长的隧道向上爬。最后一段路程还没通。木虫走在前面，为大象钻通了路。

"我们到了。"眼看着就要到树顶时,木虫说道。

大象环顾四周。

"我什么也看不见。"他说。

"没关系,"木虫说,"眺望的事就交给我吧。"

大象试图跳舞,但是,这里太狭窄了,根本跳不起来。

"我没法在这里跳舞。"他说。

"跳舞……"木虫鄙夷地说,"树叶会跳舞,尘埃会跳舞……可是,像你这么大只的大象怎么可能会跳舞呢?"

大象思索了一会儿,说道:"会的,像我这么大只的大象就是会跳的。我必须跳舞。"

"你真令我失望。"木虫说。

他说自己要滑下去了,大象可以跟着他一起滑,只不过,他已经失去了和大象一起滑的兴致。

"我可是专门为了你才钻这条通道的。"他说。

"是的。"大象说。然而,他还是提出希望能把脑袋探到外面看一看。

只要穿过一层薄薄的树皮,就能看到天空了。他轻而易举地穿了过去。

"不要!"木虫喊道。

可是,大象已经来到了橡树顶端。他环顾四周,翩翩起舞,紧接着绊了一跤,飞速地从树顶摔了下去。

他抢在木虫之前回到了地面上。木虫下定决心再也不向任何人提出任何建议，更不会再顾及别人的感受了。

# 14

如果我是大象,青蛙想,我不会在树顶上做单脚尖旋转。我会呱呱叫。我想,应该是含蓄地呱呱叫。

他坐在一片随波逐流的莲叶上,随着水流缓缓沿着河岸漂浮。他从柳树下漂过,蚂蚁和松鼠正躺在草地上向他挥手。他从榆树前漂过,大象刚刚从那棵树上摔了下来。

如果我的蛙鸣太生机勃勃了呢?他继续想,我不会跳起来的,不会的。可是,他知道有些事情是自然而然发生的——生机勃勃的蛙鸣和一蹦三尺高。这可不是他自己能控制的。

他皱起眉头。

如果我因为自己的蛙鸣太美妙而一蹦三尺高,为自己喝彩——"好样的，大象，好样的！"我就会摔下来。我会一边摔，一边继续呱呱叫。我喊的不是"哟吼"，而是热情似火的蛙鸣，甚至带着几分热火朝天、激动不已的绝望，只因为我意识到这也许是我最后一次蛙鸣了。啊，那一刻，我的蛙鸣一定无比特别！

他打了个寒战，驱散了这个念头，无声无息地一头扎进水中。

他游到岸边，坐在芦苇丛中。

如果我是大象，他想，当我站在树顶上时，也许我会不由自主地发出某种不吉利的蛙鸣声！

他幻想自己坐在橡树顶端，长着长长的鼻子和两只大耳朵，发出某种不吉利的蛙鸣声。他的声音越来越迫切、越来越焦急。

想到这里，他一蹦三尺高。我必须一蹦三尺高。他又想。

扑通一声，他掉进水里。他这才发现自己并不是大象，而是青蛙。

只不过，他不知道自己应该高兴还是不高兴。

他若有所思地把头露出水面，发出了一声简单的蛙鸣——一声所有青蛙都会的普通蛙鸣。

# 15

如果我是大象,蜉蝣想,我会爬上一棵这么高的树,眺望地平线的另一端,这样,太阳就再也不会西沉了。

我会看着,不跳舞,不绊倒,不摔下去,只是看着。

这样,白天永远不会结束,我会一直待在那里。

每当有动物经过那棵树,高喊"您是谁"时,我就会回答"我是百年老①"或者"我是一百九十七年老"。

"噢,"他们会说,"这么说来,您不是大象?"

"不是!"

---

① 蜉蝣在荷兰也被称作"一夜老",此处为荷兰语玩笑。

眼看着夜幕就要降临,他坐在一棵冬青树的枝头,太阳早已离开树梢。

可是,我不是大象,蜉蝣无奈地想,而且,世界上也根本没有那样的树。

他振翅高飞,以迅雷不及掩耳之势赶在太阳完全落下之前举办了一场聚会,成百上千的动物赶来,匆匆忙忙吃下一块蛋糕,跳了几步舞。随后,大象竭尽所能以最快的速度爬到一棵树的顶端,大喊:"它还是没落下,蜉蝣!"不一会儿,他又喊,"还是没有落下!"又过了一会儿,"现在也没落!"

天空中只剩下一片漆黑,可他依旧呼喊个不停。

泪水沿着蜉蝣的脸颊滑落。这是他一天也是一生中最幸福的时刻。

天凉了,寒风四起。

所有动物都回了家。蜉蝣听到一声呼喊"哟吼"。他抬头望去,看见不计其数的星星,这是他一生中从没见过的景象。

# 16

如果我是大象,水鼷想,我会先读一本关于如何不摔落的书。等我把书读完并背得滚瓜烂熟后,我才会再爬树。

在前往树顶的路途上,我会大声重复书里的内容:

> 四脚着地
> 不要回头
> 不要冥思苦想树顶会有什么
> 不要想着摔倒
> 不要以为自己已经到了
> 不要说话、喊叫、低语、叹息、喃喃自语或

发出任何

别的声音（喘气除外）

不要理会突如其来的自认为

无所不能的想法

不要以为到了最后一刻你还能

不摔下来

不要绝望

水豚的书架上就摆着一本类似的书。那本书是关于"翻腾"的。在他看来，翻腾和摔倒差不多。

每当看到差错出现时，他总会想到那本书。

当蝴蝶撞到花上时——别扑腾，蝴蝶。

当熊把一大块蛋糕塞进嘴里，面色发青时——别噎着，熊。

当蟾蜍忐忑不安时——别爆炸，蟾蜍。

当老鼠在跳舞时被别人踩了脚趾——别叫唤，老鼠。

而且，水豚继续想，如果我是大象，还站在树顶上的话，我会想：哦，对了！第二十三章！保持平衡！可是，我该怎么做呢？如果我摔下来了，我就会翻开书，查阅我该怎么保持平衡，然后再把整本书读一遍，之后再读一遍，直到我彻底记住，再也不会忘记怎么保持平衡为止。

他摇摇头，一边思索，一边继续向前走。

不翻腾跟不摔倒差不多，他想，但是，也不完全一样。翻腾要难得多。翻腾会突然开始，凭空出现。摔倒却不会。摔倒之前你得先攀爬，这给了你足够的时间思考自己是不是真的想摔下来。

他叹了一口气，赶忙回家去重读《不要翻腾》的最后一章。那一章里描述了一些奇特的姿势，比如面朝前、前胸朝后地倒立，或者用尾巴钩住天花板，倒挂下来。这些姿势让翻腾变得近乎天方夜谭。

然而，即便如此，水䴉还是会在睡觉的时候翻腾。每天早上醒来时，他都会发现自己已经翻腾到了床下边，躺在房间的地板上。这和大象每每醒来时的样子差不多：躺在大树下，头上顶着一个巨大的肿包。

# 17

如果我是大象，龙虾想，我就会干掉所有让我摔下来的树。我会说："我是来和你们算账的，树。你们知道算账是什么意思吗？不知道？那就看好了。"然后我会把它们通通砍倒。谁让你们把我摔下来的……

他坐在桌子前，用钳子撑着自己。

不过，我会留下一棵树，他想。我会对它说："你听好了，树，你看到了周围发生的一切，你很幸运。这个世界险些就寸树不生了。况且，它完全可以寸树不生……"

那棵树会瑟瑟发抖，于是，我就会爬到它身上。当我来到树顶的时候……

龙虾顿了一顿，呷了一口茶，心想：我到底去树顶上干什么？为了看远方？真是无稽之谈，还是让远方好好看看我吧。为了跳舞？跳舞，真是荒唐……

然后，他把自己想象成大象，想象自己看到了远方，迈起舞步，眼看着就要摔下来。

这时，我会说："放下！"而那棵树也一定足够明智，会把我稳稳地放到地上。这才是明智之举。

他舔了舔嘴唇。"如果我是大象，我就知道该怎么做了。"他喊道。

他伸出一只钳子，重重地砸在桌子上。

"怎么样，桌子，感觉到了吗？"他问，"没有？"

他砸得越发用力。钳子断了。

"哎哟。"他说。

他仔细看了看钳子，试图把它修好，但是，他没有做到。

他站起身，绕着桌子走了三圈，接着上床，进入了梦乡。他的头枕在那只从来没有敲打过任何东西的钳子上。对他来说，那只钳子是神圣的。

# 18

如果我是大象,白斑狗鱼想,那么,鲤鱼一定会对我侧目而视……我会躲在芦苇丛中,等看到鲤鱼游过来时,我会若无其事地现身。他一定会惊讶得满脸通红。

"我这是看到了什么,鲤鱼?"我会说,"你居然因为惊讶脸红了?"

"可是……可是……"他会结巴起来,"您是谁?"

"你不知道吗,小鲤鱼?"我会说,"我是大象啊。"

"可是,您在这里做什么呢?"

"你问我在这里做什么?你应该问的是:你在这里做什么。我是说,你!"然后,我会伸出我的长鼻子指着他。

"我在游。"他会局促不安地说。是的,他就是这样说的,局促不安。

"游泳……你管这叫游泳……就凭你那可怜巴巴的鳍……"我会说。然后,我会用我的耳朵游泳,用我的长鼻子把鲤鱼身旁的水通通吸光,这样,他就会躺在干涸的地面上,咂着他那奇丑无比的嘴唇。

"如鱼离水,小鲤鱼!这就是如鱼离水!"我会大声呼喊。即使我的嗓音因为兴奋变得沙哑,我也毫不在意。

白斑狗鱼叹了一口气。他没料到自己会有这样的想法。他觉得这些想法很卑劣,一心希望自己从没想过这些。鲤鱼也不过就是一条鲤鱼。他想。

他温和、顺从地贴近河底继续游动,在芦苇间穿梭。如果我是松鼠,我就不会有这种想法了。他想。

他游到小河的弯道处。

如果我是大象,白斑狗鱼想,我会先向鲤鱼做一番自我介绍,然后告诉他,我不过是自己的一个念头。他不需要为任何事情感到惊讶。我还会友好地问候他,关心一下他的近况。

# 19

如果我是大象,鲤鱼想,我会把白斑狗鱼搞得晕头转向,往他眼里撒沙子。我会告诉他我是"大鱼"或者"鲤象"。我会说,他肯定从来没听说过我的名字,而这一点儿也不令我感到惊讶。接着,我会在他面前跃出水面,腾空旋转一圈,再扑通一声落回水里。

他在小河里畅快地游动,左顾右盼,想知道能不能看到白斑狗鱼的身影。

我还会问他,他知不知道他让我想起了谁。他想。

"不知道。"他会说。

"你让我想起了怪兽。"

"怪兽？"

"是的，滑溜溜的怪兽。"

然后我继续向前游，他会满心敬畏地跟在我身后，与我保持一段距离，亲眼看着我是怎么逆流而上穿越瀑布的。当我游到瀑布上方时，我会环顾四周，俯视整个世界，然后在非常遥远的地方发现他的身影。他会抬头仰望，把脑袋探出水面，寻找我的身影。我会哈哈大笑，放声高呼：

"你知道我现在在做什么吗，白斑狗鱼？"

"不知道。"

"我在嘲笑你。"

"噢。"

他会悲痛欲绝，脸色煞白。

"你是不是觉得喘不上气了，白斑狗鱼？"

"什么？我？喘不上气？"

随后，我继续向前游，把他抛到脑后。这就是我要做的，游离这个地方，心里想着，啊，真痛快啊，我再也不会想起你了，白斑狗鱼，我永远都不会再想起你了。

鲤鱼叹了口气，闭上了眼睛。

我永远不会忘记这件事，他想，我不会忘记我不再想他了。

身为一只象

# 20

如果我是大象,狮子想,当我爬到树上,占据大树顶端的时候,我会响亮而又凛然地咆哮,让所有人都跑过来,嘴里喊着:"大象,怎么了?"

"我不想摔下来!"

"你不需要摔下来啊!"

他们会一个接一个地爬到彼此的肩膀上——河马站在水鲆的肩膀上,金龟子站在河马的肩膀上,长颈鹿站在金龟子的肩膀上——层层叠叠,直到他们和我爬的那棵树一样高。然后,我会跨上最上面那个动物的肩膀,吼一声:"谢谢你们!"我的声音轻轻的,一点儿也不大。大家会异口同声地说:"你瞧,如果你不想摔下来,只要你告诉我们……你就不需要摔下来。"接着，我们会这样重重叠叠地走进森林，每经过一棵树，我都会跨到树顶上，望一望远方，跳一段舞，再跨回大家的肩膀上。直到天色渐晚，我们才会小心翼翼地塌下来——我会是最后一个落地的。我会心满意足地四处张望，把所有躺在地上的动物一一分开，再一一拉起来。如果有人受伤了，我会友好地安慰他。每个人都会感激地看着我，轻声说："谢谢你，大象，你简直像狮子一样，你真善良……"

他四下张望，却没看到任何人。于是，他小心翼翼地用爪子拍了拍自己的胸膛。

"哎哟。"他嘟哝道。他决定大步流星地朝河边走去，站在柳树下，朝着河对岸大声吼叫，告诉大家他要来了。只不过，他还从没去过河对岸，他也不知道自己能不能在那里继续大步流星，拍打自己的胸膛。

# 21

如果我是大象……一天早晨，蝴蝶坐在椴树最低处的树枝上默默地想。

他闭上眼睛，想象自己就是大象。

他来来回回地晃动。

我不能再扑扇翅膀了。他想。

他小心翼翼，一步一步地行走在椴树的枝头。

我是大象，他想，我是孔雀蛱象。我想爬树。

他来到树干上，开始缓缓地往上爬。

他爬得很艰难，毕竟，他时不时就想飞一会儿。然而，他很清楚，那是不可能的。他可是大象啊！

终于，他爬到了椴树顶端。他环顾四周。

现在我应该喊些什么。他想。

"远方！我看见远方啦！"他喊道。

他还试着发出吼声。

这已经很接近象吼了。他一边想，一边发出一种沙哑的、四不像的声音。

现在该轮到舞步了。他想。

他迈出一步，单脚站立，原地转了一圈，丝毫没有挥动翅膀。我可以甩动我的耳朵。他想。于是，他来来回回地摇晃脑袋。

现在轮到最难的部分了——摔下来。

他任由自己向下落。

你没有翅膀！他想。然而，他还没想完，翅膀就已经展开，他又飞了起来。

他再次尝试摔下去，可是，他的翅膀又一次展开了。

我长得压根儿和大象不沾边。他想。他生起了闷气，为自己做错的一切感到愤愤不平。

显然，我只能当蝴蝶了。他想。

最终，他飞向地面，坐回到椴树最低处的那根树枝上，紧挨着地面。

如果我是除大象以外的什么，他想，比方说，我是鲸⋯⋯

可是，他的思绪到不了那么远。

如果我谁也不是的话⋯⋯

然而，他惊讶地发现，这居然是世界上最困难的问题。

我是蝴蝶,他想,这是无法改变的事实。于是,他升到空中,扑扇着翅膀,在灌木丛和矮树丛间随风飘荡,落在一朵孤零零的毛茛上,合上翅膀,思索着有没有什么事实是可以改变的。在他的记忆中,他搜寻无果。

# 22

如果我是大象，河狸想，嗯……我会怎么做呢？

他坐在小河里的家中，看着大象从不远处的柳树上摔下来，听到他大喊一声"哟吼"，紧接着重重地落在地上，发出一声巨响。

我也会有长鼻子吗？他想，我肯定会把它去掉。长鼻子……要它有什么用？

还有那对大耳朵？也该去掉。这么说吧，都是些多余的附属物。肯定有人愿意要它们的。

还有那些脚……荒谬至极的脚！也该扔掉。

还有那条小尾巴，我会把它换成一条大尾巴。还有那些奇怪的牙齿，我会把它们换成普通的牙齿，不需要很大，但是必须锋利。

身为一只象

至于灰色嘛，我不喜欢灰色。我会重新给自己涂上颜色，任何颜色都行，只要不是灰色就好。

至于爬树？如果我是大象，我会先把树啃倒。等树倒在地上了，我就可以轻轻松松地走到树顶去，根本不需要摔下来。一脚就能跨下来，从树上跨下来。

如果有人碰巧遇见我，惊讶地看着我，说我有点儿像大象，但又不是特别像，我就会说，我是河狸。毕竟，我本来就是河狸。

他站起身，动手忙碌起来。做大象太荒唐了，他想。

他建了一道双层围栏，把他的家围了起来。围栏又高又厚，这样，他就再也看不到大象从树顶摔下来，听不到他重重落地时的巨响，也听不到他之后经久不息的痛苦呻吟了。

# 23

如果我是大象,老鼠想,那么,我不会在橡树顶上跳舞,而是会发表一篇演讲。所有人都会侧耳倾听。

我会告诉他们,世界上的所有事物都只有一个:一个太阳,一轮月亮,一条生命。

我会踮起脚尖,大声呼喊:"而且,我也只有一个。那就是我——大象。"

演讲结束时,我会接受有史以来最热烈的掌声,深深地鞠上一躬,甚至摔倒在地。但是,那也没关系,因为世界上只有一次摔倒、一个地球、一记沉闷的碰撞声、一块肿包、一声惊恐的尖叫。

他无法继续思考了。

他皱着眉头，双手背在身后，转身走进森林。他一边走，一边思考着如果他是青蛙会怎样，如果他是蜘蛛又会如何。

　　但他的脑海里依然闪过其他人的身影。他是大象时，他们聆听了他的演讲，甚至大声呼喊："你不是大象，这不可能，你是老鼠，只有老鼠才能发表这么美好的演讲，世界上只有一只老鼠，那就是你。难道你不知道吗？你是这世上最特别的动物，而最特别的动物只有一个，那就是你！老鼠万岁！哦耶，哦耶！"

　　终于，他再也听不见大象在橡树下的呻吟声了。

# 24

如果我是大象,蟾蜍一边在森林里漫步,一边想,那么,当我无数次从树上摔下来的时候,我肯定会生气……

我会气得发疯!

居然让我摔下来……我会愤怒得背过气去!我会怒气冲天、头顶冒烟。我会嘶吼、尖叫、惊呼,直到喊不出任何声音为止。我会把那棵树连根拔起,狠狠践踏,直到它支离破碎!留下的只有一地木头渣、一地粉末。我还会狠狠对付所有让我摔下来的树,让它们一棵都不剩。

他停顿了一会儿,稍作思考。

大象可真幸运,幸好我没有变成他,蟾蜍想,要不然，森林里就无树可爬了。

就连灌木丛也片甲不留，他继续想。与此同时，他的身体逐渐膨胀。没有一根草叶，也没有一粒沙子，没有阳光，也没有空气。

他砰的一下炸开，散落在森林的各个角落。他看上去十分无助。

过了好一会儿，他重整旗鼓。他清了清嗓子，把身上的所有零件重新聚集起来。

他检查了一下自己是否完好无缺，掰了掰手指关节，吹去额头上的一滴汗珠，继续向前走，同时暗自下定决心再也不要去想其他人。

"最好如此。"他咕哝着。

# 25

如果我是大象,猛犸象想,那么,我该多么幸福啊!要知道,那样的话,我就生活在现在,而不是过去了。

他站在一棵弯弯的、远古的小树顶上,阴郁地窥视四周,望向远方。远方看起来古老且饱经风霜。他无法翩翩起舞,因为他早已灭绝,心中毫无一丝欢愉。他脚下一滑,无言地跌落到大草原上或冰层之中——他已经不记得了,那里曾是他住过的地方。

他呻吟了几百年,然后闭上了眼睛,继续在草地上或冻土中一动不动地躺了几万年。

那段漫长的时间永远存在于过去、过去、过去。

# 26

如果我是大象,狒狳一边悠闲地在森林里散步一边想,那么,我会在橡树的树顶上盖一座小房子。房子虽然小,但足以容下我和一张床,还有一张小桌子。小桌子上摆着一个花瓶,花瓶里插着丁香花——白色和紫色的丁香花。

他非常喜欢丁香花的香味。

每当夜晚降临,他接着想,我总会在睡前透过窗户向外望,眺望森林外的远方,看着太阳徐徐落下,这场景美得让我心花怒放,在房间里翩翩起舞,甚至还做了一个单脚尖旋转,说不定还会翻个筋斗。

他停顿了一会儿,挠了挠耳朵后面。

不过嘛,他又想,我压根儿不会跳舞,也根本不知道怎么做单脚尖旋转。是用一只脚转吗？还是用尾巴尖？用鼻子？用牙齿？用后脑勺？更别提翻筋斗了……

他摇摇头，又开始思考起如果自己是大象，会做些什么的问题。

我会跳得越来越狂野，他想，我会探索我所有的极限潜能。

他轻轻咳了一声。

是啊，他想，所有的极限潜能。我会进行一项细致的研究，一旦找到可能性，就突破我能力的边界。

他闭上眼睛，想象自己在树顶跳舞。

直到我被自己的脚绊倒，然后摔下来。他想道。

他又一次摇摇头。但是，我不会摔得很重。要知道，小房子就是派这用场的。我会不偏不倚地摔在我的床上，旁边就是摆放着丁香花的小桌子，我会即刻酣然入睡。

我该睡得多么香甜啊！

他一本正经地向前走去，时不时地掸去肩膀上的尘土。遥远的地方传来大象轻微的呻吟声。不久前，大象从橡树顶上摔了下来。

# 27

如果我是大象,伶鼬想,我会让所有人知道,明天是我的生日。这样一来,我今天就可以启动准备工作了。

对他而言,准备工作是世界上最美妙的事情。各种各样的准备:挂彩带、烤蛋糕、借椅子、安排谁和谁坐在一起、写一篇演讲稿、清清嗓子、来回奔走,想着:哦,对了!我差点儿忘了。过一会儿又来一回:哦,对了!每当生日临近的时候,他的脑海中总是闪过各种各样的念头,在准备工作完成后,没有什么比闪过的念头更让他开心的了。

我可没时间爬树,他想,更别提从什么地方摔下来了。

他点点头。昨天过生日也没什么不好的。拆礼物，吃剩菜，抖掉桌布上的面包屑，收起彩带，还椅子，回忆谁来过生日了，谁和谁跳了舞，坐在窗边，细细回味。

他对于回味的喜爱几乎堪比对于准备工作的喜爱，还有那些从脑海中闪过的念头。

可是，我绝对不会在今天过生日，他想。要不然，所有人都会来，当派对被推到高潮时，肯定会有人喊："对了，大象，你爬树不是很厉害吗？"于是，大家会停止舞蹈，怂恿我爬树，用不了多久，我就会重重地摔在摆放着蛋糕的桌子上，发出一声巨响，所有客人被吓得四处逃散。

是啊，他想，他们都会这样做——逃跑。至于他们还会不会回来，我就不得而知了。

不行，他想，如果我是大象，我绝对不会在今天过生日。如果有人问我："大象，你到底哪天生日？"我会说"明天"或者"快了"或者"哦，你问得真有意思，我最近刚过完生日……那可是个美妙的聚会……几乎所有人都来了……真可惜你没来"。

是啊，伶鼬想，如果我是大象，我就会这样说："我前不久刚过完生日。"

# 28

如果我是大象,乌鸦想,每个人都会对我说:"嘿,等一下,大象……你到底是怎么成为大象的?你以前不是乌鸦吗?肯定是用了什么诡计,对吧?我们了解你,你真是个卑鄙的家伙!"

到那个时候,我很想再变回乌鸦,可是,那已经不可能了。

"不不不。"他们厚厚的嘴角露出一丝甜美的、心满意足的微笑。

他坐在橡树的树枝上,把头埋进羽毛里。

"变回乌鸦,是吧?"他们大声呼喊,"连我们都行!不不不,大象……你肯定是想飞走吧,你不想摔下来……你还是赶紧爬到那棵树的顶上去吧……"

如果我不甘愿爬，他们会抓住我，把我拎起来，放到橡树顶上说："现在，摔下去！"如果我不摔下去，他们就会剪掉我的翅膀，再推我一把。

他嘎嘎地叫了几声，声音沙哑而又凄惨。他的头依然埋在羽毛里。

如果我是大象，他想，我会遭到全世界的唾弃。所有人都会对我充满猜疑，想逮住我。没错，他们会那样做的：逮住我，把我关进去，囚禁起来。

"我不是大象！"他猛地伸出脑袋，发出响亮的叫声。所有人都听到了他的喊叫。

但是，谁也不相信他，已经很久没有人相信过他了。

# 29

尊敬的大象：

如果我是您，我会爬上一个问号，或者一个括号，又或者是任何带弧线的标点符号，哪怕是一个斜杠或者大括号。但是，我绝对不会爬上一个感叹号。绝对不会。

如果我爬上一个问号，我会时不时地回头看看，看看那个摆在我面前的问题，并思考那个问题的答案。

那一定是一个重要的问题，具有明确的意义，而我的回答必须是，怎么说呢，精练而深刻的，能够直击问题的核心（如果您对此有任何不解，我愿意即刻为您详细解释）。

当我抵达问号的顶端，我会四处张望，看看远方的那些大写字母、元音、引人入胜的辅音，以及所有随心所欲的标点符号，逗号、冒号……我会在这门陌生的语言里幸福地跳一段潦草的舞蹈，写下"哦""噢噢噢！""啊！！"。

如果我摔了下来，我会沿着问号的背部滑下，落到黑色的下划线里。我顶多会在头上留下一道划痕，在脖子上留下一个小小的破折号印记，在背上留下三点不痛不痒的省略号的痕迹，以此作为我轻率行径的证明。

大象，如果我是您，我会如此字斟句酌而又能言善辩地摔下来，就像诗人一样。

蛇鹫

# 30

  如果我是大象，白鼬想，我会站在镜子跟前，对自己说："你看起来可真糟糕啊，大象。"而与此同时，我还急急忙忙地要去参加一个聚会。

  我有了一根长长的鼻子。

  他站在镜子前，打量着自己，想象自己的鼻子上，又或是鼻眼之间（他不太确定该在哪里）长了一根灰色的长鼻子。

  他思考了一会儿。我得去参加一个聚会……我可不能浪费时间……带着这根长鼻子……

  他踮起脚尖，把脚跟立得高高的，双脚站立，换成单脚站立，然后再回到四脚着地。

  我可以把这根长鼻子扎成一个小鬏鬏。他想。

他试图想象鼻子上扎着一个灰色的小髮髮是什么模样。

没错。这样我就可以去参加聚会了,他想,所有人都会抬起头看着我说:"大象!那是什么?"

"什么?"

"你鼻子上的那个东西。"

"噢,它呀……它是一个小髮髮。"

每个人都会想要一个小髮髮,但这是不可能的,毕竟,如果我是大象,那么其他人就不可能成为大象了。而想要拥有一个小髮髮,就离不开一根能够卷曲的长鼻子,但是这一点,他们并不知道,我也不会告诉他们。

他向后退了几步,歪了歪头。

没错,他想,其实我挺愿意成为大象的。我能穿上一件长长的红外套,镶着滚边和下摆,又或是带着鳞片,色彩斑斓的鳞片……我还要整一整我的耳朵。把它们竖起来,或者把它们涂成黄色,又或者涂成群青色。没错,我会把它们涂成群青色,再加上一抹朱红。不过,我会保持发髮的灰色。灰色有一种高贵感,一种独特的气质。

他如愿以偿地转过身,走出家门,朝着森林深处走去,前往竹节虫的聚会。他期待自己能像往常那样,凭借他令人惊叹的外套和优雅的胡须赢得大家的钦慕。

# 31

如果我是大象，金龟子想，我会更频繁地爬树，然后更重地摔下来。我会查看还有什么地方是没被摔断过的，然后把它们也摔断。我的头？我的头。我的长鼻子？我的长鼻子。我会放弃所有的勇气，一副披头散发、肮脏不堪、遭受屈辱的模样。所有人都会对我心生怜悯。但是，这点怜悯还不够！我会愤怒不已，喊着让他们不要怜悯我，然而，在内心深处，我恰恰希望他们能给予我怜悯，最好是怜悯加鄙夷。他们会回应说他们别无选择，只能感受到越来越多的怜悯，纯粹的怜悯。在我跌落的过程中，我的脑海中滋生出可怕的念头：再也站不起来、撕心裂肺的疼痛、可怜兮兮的肿包，还有无情无义的肿块……

他就这样坐在森林中央的一块石头底下,不住地思考,大象在不远处又一次摔倒在地,不停地呻吟。

可是,我是金龟子啊,他想,这可比做大象还要糟糕。

他站起身,想大喊:"我连大象都不是!"这样,其他动物就会摇着头,心想:可怜的金龟子,连这都做不到……

然而,他并没有喊出这句话,而是陷入了怏怏不乐的沉思。他变得十分阴郁,以至于滑倒在地。他觉得太阳故意盯着他看,所有人并不是反对他,而是越发糟糕:他们支持他。如果他的忧郁是一块石头,那么这块石头能击垮整个世界。如果世界被击垮,世界将一无所有。什么都没有,什么都没有。

# 32

如果我是大象，刺猬想着，我会上门拜访我——刺猬。

我们会坐在窗前，面对面地喝茶，偶尔看向窗外。

如果我们之中有人在许久过后问道："难道我们不该说说话吗？"另一个人就会回答："不，用不着。"

我会在那里坐到天黑，到时候，就太晚了，不能再爬树了。"既然如此，我就再多待一会儿吧，刺猬。"我会说。而身为刺猬的我也会同意。

说不定，我们还会一起跳舞。

他闭上眼睛。

一起跳舞……他想，彼此离得远远的……但也没有那么远,当身为刺猬的我轻声说"再见,大象"时,身为大象的我能立刻听见,并轻声细语地回答:"晚安,刺猬。"

然后,当我在深夜回家的时候,我只会想着身为刺猬的我自己,丝毫不想树、爬树和摔倒。到家后,我会给自己写一张便条:

亲爱的刺猬:
　　我很高兴
　　你是我,或者我是你,
　　而不是别人。

　　　　　　　　　　　大象(刺猬)

而我的思绪会在脑海中翻江倒海,直到我渐渐入睡。

刺猬望向窗外。

如果我是大象,他想,那么,我此刻就会到来,嘴里喊着"刺猬!刺猬!",呼扇着我的耳朵和长鼻子,拔腿奔跑……

他叹了一口气,拉上窗帘,给自己沏了一杯茶。

# 33

如果我是大象，蟑螂想，那么，我就不是蟑螂了。

他深深叹了一口气。

噢，不当蟑螂……那是我梦寐以求的事情。

我愿意从任何地方摔下来，他想，愿意把任何部位都摔碎，承受巨大的疼痛，只要不再让我当蟑螂就行。

他在自己的小屋里来回踱步，时不时飞快地瞥一眼挂在墙上的某一面镜子。

可是，我是谁呢？他想，我是蟑螂，面目可憎的蟑螂。

他疯狂点头，动作大得令他的脖子咔咔响。

如果我是大象，他想，我再也不会照镜子。我会坐在椅子上,顶多看看我的长鼻子和脚。最好是什么都不看。反正我不会整天盯着自己看。

而且,我还会给所有人写一封信:

亲爱的大家:
你们知道我不是谁吗?
我不是蟑螂。
大象

所有动物都会祝贺我,我甚至会收到一封来自面目可憎的蟑螂的信:

亲爱的大象:
您不是我,
实在是太幸运了。
摔得轻一点儿。
蟑螂

他迟疑片刻。

我能这样写吗?他想,摔得轻一点儿?

能。他随后想道,这是一种蔑视,一句轻蔑的表达。我就是这么蔑视一切的——轻蔑的蟑螂。

他又一次看向镜子,看清自己是谁,看清自己曾经是谁,以及会永远是谁。

# 34

  如果我是大象，乌龟想，那么，我一定会对自己的长鼻子和耳朵感到相当满意。而且，就算要整天爬树，我也不介意。只不过，我会立刻给自己安上一个壳。

  如果每个人都说："嗯，可是这不公平，现在你不是大象，而是带壳的大象，乌龟！"我丝毫不会介意。那就让我做个"壳象"好了。

  他从壳里探出头来，四下张望。在他面前，蜗牛正静静地站着，紧闭双目，一动也不动。

  要知道，如果我从树上摔下来，乌龟想，我会在空中翻个身，让自己背朝下摔到地上，用壳着地。反正我的壳还从来没有摔出过肿包呢。

他咽下一口口水,向前迈出一步,喊道:"蜗牛!"

"嗯?"许久过后,蜗牛才回应。

"我的壳上有没有摔出过肿包?"

"没有。"蜗牛回答。过了许久,他又补充了一句,"也从来没有摔出过两根触角。"

# 35

如果我是大象，蚜虫想，我一定会感到无比羞愧……

他站在镜子跟前，想象镜子里的自己变成了大象。

这么大的耳朵……他想。他的脸涨得通红，还有一根长鼻子……

想到这些，他觉得这个想法给他带来了从没有过的羞愧感。

单是做我自己就已经够糟糕的了，他想，如果我还得是大象的话……况且，这与我每每都会摔下来无关。还在我爬树的时候，甚至在我开始爬之前，就已经是这样了。

我的羞愧会引发一些可怕的事情，而我会因此感到羞愧难当。那些事情太可怕、太奇怪了。动物们会纷纷问道："大象，你这是在干什么？难道你不知道什么是羞耻吗？"

"我知道的！我知道的！"我会惊叫。

"不，你不知道，根本不知道。你根本不知道什么是羞耻。你从来没有听说过什么是羞耻。你知道你是什么吗？"

"知道。"

"不，你不知道。"

"我是什么？"

"无耻之徒。"

他们会摇着头走开，一边走一边嘟囔："真是无耻……"至于我，我会感到无比羞愧，深深的羞愧……"我知道！我知道！"我很想大声呼喊，可是，我的声音卡住了。是的，卡住，我的声音彻底卡住了。

他浑身颤抖，额头上的汗珠四处飞溅。

现在的我真是可怜透顶，他的脑海中闪过这个念头，还不只是可怜透顶，是微不足道。厚颜无耻、微不足道。

他再一次看向镜子，看到自己还是那只蚜虫。他蜷缩成一团，陷入自己那荒凉的思想沙漠：如果我此时此刻是大象的话……

他再也想不下去了。

83

身为一只象

# 36

如果我是大象,土豚想,我会先好好学习跳舞。

也许,我需要经过多年的练习,和每个人跳,在每一场生日派对和聚会上练习。

"噢,大象,你愿意和我跳舞吗?还有我呢?"

每个人都想和我跳舞。

终于,我跳得如此出色,所有人的目光都被我吸引了,他们甚至不敢再和我一起跳舞。

"你想跳舞吗?"有人对另一个人说。

"不想。很抱歉,我很想和你跳舞,可是,我更想看大象跳舞。他跳得太美了!"

"我明白。其实,我也更想看他跳舞,而不是和你跳舞。"

他们会盯着我，一看就是几小时。他们十分欣赏我的舞姿，直至他们闭上眼睛，晕倒过去。是的，晕倒。我知道，就是这么回事。

每个人都会向我发出邀请：

亲爱的大象：
　　你愿意来参加我的聚会吗？
　　这是我专门为你举办的。
　　谨此表达我对你跳舞的钦佩！

当我终于能跳得完美无瑕时，我会找一棵小树，请求我的崇拜者们把我抬到树上。那是一个夏夜，一丝风也没有。当我来到树顶上时，我会等待大家回到地面，围坐在树下的草地上。夜莺清了清嗓子，为我放声歌唱……

接着，没错，我还是会跳舞，在那棵树的顶上跳……不知疲倦，跳了整整一夜。双腿共舞。单腿舞蹈。单手跳。单个手指跳。摔倒？为什么会摔倒？动物们会把我从树上抬下来，感谢我。

"噢，土豚……"他们会说。到那时，我会告诉他们，其实，我是土豚。

他闭上眼睛，在橡树下的草地上迈了一个舞步，听到脑海中传来一个轻轻的声音："噢，土豚，土豚……"

# 37

如果我是大象,蜗牛想,我绝不会去攀爬。就连一根草叶或者一粒沙子都不会爬。我连想都不愿意去想。

他皱着眉头想:如果我是大象,我什么事都不会想。我会搬到沙漠中央的一座房子里住。那是一座巨大的、白色的房子。房子的门口挂着一块牌子,上面写着——

不假思索之屋

他坐在玫瑰花丛下,看见乌龟坐在离他不远的地方。

他肯定又在为什么事发愁了,蜗牛想。他摇摇头,清了清嗓子,喊道:"乌龟!你在那里做什么?又在发愁吗?"

乌龟抬起头,看见蜗牛。

"没有,"乌龟回答,"我什么也没做。"

"什么也没做……你肯定……"蜗牛喊道。他感觉自己有些生气了:"你根本不可能什么都不做!"

"我没有什么可回应的。"乌龟说。

回应,回应……蜗牛想。他很想回复一些骇人的话,但他什么也没说。冷静点儿,他想。

他缩回壳里,想着:我现在的心情真糟糕……如果我是大象,或许我现在就会因为满心的烦恼而爬上树。

他皱着眉头,决定再也不要为任何事情烦恼了。

但这并不奏效。愤怒的念头如同乌云一般,从地平线的后面冒出来,飘过他脑海中的天空。

如果我的脑袋也是一个小屋,他想,那么,它现在一定已经碎成一地了。

他走到外面,在门前挂上了一块牌子:

蜗牛
不假思索之屋

他很想知道其他人会怎么想。

这时,他又想起了大象。他清楚地听见大象的呼喊:"远方!我看到远方了!"

如果我是大象,蜗牛想,我总是会先思考一下,我是否真的看见了我看见的东西,然后再摔下去。

他又回到屋里。屋里热极了,他简直想把触角拧干,只不过,他不知道该怎么拧,脖子转向了错误的方向,头不小心冲破屋顶,伸到了屋顶外。

他不知所措地坐在满地的碎片中,暴露在炙热的阳光下。

幸好,乌龟已经跑过来帮他了。

# 38

如果我是大象,鳃角金龟想,那么,我会有一个秘密,还要把它存放在一个秘密盒子里。每个人都有秘密,还有一个用来保管秘密的盒子。

有一天,他想,在一个炎热的夏日里,森林里静悄悄的,一丝风也没有,晴空万里,太阳悬挂在高高的天空中。我打开那个盒子,把我的秘密拿出来。那个秘密就是——怎么能不再摔下来。

噢,我该多么高兴啊!也许,我会摸摸后脑勺上的肿块,心里想:我为什么没有早点打开这个盒子呢?但是,我不会想太久。我会爬到橡树上,爬到大树的顶端,环顾四周,做一个单脚尖旋转,说不定还会来上一个后空翻,却完全不会摔下来。要知道,我已经掌握了不摔下来的秘密。然后,我会重新爬下来,把秘密放回盒子里,把盒子藏起来,再也不需要爬上任何东西了,已经没有必要了。

鳃角金龟茫然地望着远方,想起更多被他藏在秘密盒子里的秘密:变身为青蛙时神秘的呱呱叫,变身为狮子时低声的怒吼,变身为老鼠时无论发生什么都不吱吱叫,还有隐身……

最后那个秘密——关于隐身,是他最想放进盒子里的。总有一天,他会当着所有人的面打开盒子。那会是在森林深处的一场聚会上。有人突然问:"鳃角金龟去哪儿了……有人看到鳃角金龟了吗?"他会悄悄隐身,坐在山毛榉最低处的树枝上,暗自偷笑,静静地看着大家遍寻无果。

那是美好的一天,他展翅飞翔,在天空中扑扇着翅膀。

也许,我会把那个秘密送给大象,他想,这样大象就可以隐身摔倒了,隐身落到地上。他也就用不着觉得羞愧了。

他皱起眉头。

只不过,他的动静还是会被听见,所有人都会摇着头,在心里想:那是大象。

他叹了一口气。秘密真是复杂,他想,所以,它们肯定不存在。他掉转头,若有所思地飞进两朵玫瑰之间,消失在玫瑰丛中。

# 39

如果我是大象,天牛想,那么,就再也没有人会问我:"大象,你能不能……噢,大象,拜托……大象,你一定要……大象,我真的很想……"

他坐在窗前,看着雨水一整天倾盆而下,淹没通往他家的路。

我会爬上每一棵途经的大树,站在顶端眺望远方,不受任何人的打扰。

他想象着自己站在橡树顶端,看着太阳缓缓落下,远处的海面波光粼粼、熠熠生辉。

"噢,好美啊,好美啊……"他轻声地自言自语。

之后,我就会飞走。他想。

他向后靠去,闭上眼睛,聆听着雨水拍打窗户的声音。

不行。他突然想，之后，我会跳着舞，然后摔下来，高喊着"哟吼"，伴随一声巨响落在地上。

他叹了一口气。

我也想体验一次不可避免的事情，他想。感受疼痛，后悔某些事情，不知所措，做出一个我无从遵守的承诺。

他站起来，在房间里来回踱步，一走就是好几个小时，直到天黑。屋外依然下着雨，没有任何人想寻求他的帮助。

我总能想到办法。他忧郁地想。

# 40

如果我是大象,水母想,我最先要做的事情就是真心感谢那个让我不再当水母的人。

接着,我会跳一支小小的舞蹈,一支欢快的舞蹈。就在地面上跳,不会离开地面。

然后,我要确保自己永远不会变回水母。为此,我不惜付出任何代价:研究书籍、远行、参加会议、撰写秘密报告、执行危险任务。

只要我不再是水母就好。

而且,我还要确保其他人也不会变成水母。为了我的动物朋友们,我心甘情愿付出这一切。我要让世界上再也没有人知道水母的存在。

"水母?不,那种东西从来没有在这个世界上存在过。"

"可是……"

"没有什么好可是的。一切事物都存在过、存在着，或者将会存在，但是水母不属于这个行列。"

"哦。"

只有这样，我才能称心如意，平静而又喜悦地爬上一棵树。等我爬到树顶，我会想，喀，远方，单脚尖旋转，翻跟头，摔下来……这些都不重要……我只会放声大喊："我不是水母！哦耶！"即使我从来没有听说过我自己。

他在海浪的推动下漂浮，随波逐流。

如果我真的能成为大象就好了……他想，哪怕只有一天、一小时、一秒钟……

他一次又一次地被海浪拍在沙滩上，又被拽回大海里，接着再被拍上沙滩，而后又被暴力地卷回深海。

# 41

如果我是大象，蚂蚁想，那么，我会非常难过。我会意识到自己总是想向上爬，又总是会摔下来。到时候，我会明白，有些东西是我无法控制的。

他躺在床上，用前腿撑住脑袋，凝视着天花板。

夜深了，森林里鸦雀无声。

没有这样的东西，他想，没有什么是我无法控制的。

他试图想象那样的情况，却怎么也想不出来。

如果我是大象，他想，那么，就会有这样的东西，而且我会想：我要是蚂蚁就好了……那样，我就能变得足够有智慧，懂得不要去爬树了……

他站起身，在床和窗户之间走了几个来回。

他设想自己是大象，正在攀爬山毛榉树。

他经过松鼠的家。松鼠听见他的动静，探出脑袋喊道："蚂蚁！"

"我不是蚂蚁，"他说，"我是大象。"

"噢，现在，我看出来了，"松鼠说，"真可惜你不是蚂蚁。我刚从柜子里拿了一罐十分特别的蜂蜜，你看，就是它……我想，如果蚂蚁恰好路过的话……唉，或许下一次路过时，你会变成蚂蚁吧。"

他继续向上爬，心里想着：我为什么不是蚂蚁呢？

他紧紧闭上眼睛，意识到自己之所以不知道答案，是因为他不是蚂蚁。

他的脑袋里嗡嗡直响。还没爬到树顶，他就掉了下来，第二次从松鼠面前经过。

"蚂蚁……我的意思是——大象！"松鼠喊道，手里还捧着那罐特别的蜂蜜，"可惜你依然不是蚂蚁！"

他一边大头朝下摔向地面，一边回答道："明天我会是蚂蚁。松鼠，明天早上！"

不行，他想，我不会这么说，这是不可能的，大象是永远不会这么喊的。

他站在房间中央一动不动。

天快亮了。

我知道自己该做什么，他想，我知道了。

他重新躺下,试图在天亮之前睡一小会儿。毕竟,他一大早就要不请自来地去拜访松鼠。

# 42

如果我是大象,草履虫想,那么,我就再也不会出门了。

房间的角落里,一个小火炉正在熊熊燃烧。我会坐在火炉前的椅子上,蜷起双膝,用我的长鼻子把它们团团抱住,再盖上一条毯子。

我的身旁有一张小桌子,上面摆放着温暖的饮品和一个盘子,盘子里装着一个两种口味的蛋糕。

房间里有点儿昏暗。我会打开一封信,信上邀请我去参加一个聚会("我等你来哦,大象!"),我会考虑是接受邀请,还是宁愿待在家里,守着我的小火炉。

我不会想到树,即使真的想到它们,我也不会想到爬树。我只会为它们感到惋惜：它们一辈子只能站在户外，每逢暴风雨就会被风吹得左摇右摆，每隔一段时间就要失去所有的叶子。我真想邀请它们进来，把整片森林都请进来，聚在我的屋檐下，围绕在我的火炉旁，那该多么温馨啊！我们会缔结友谊，只有红襟鸟和欧乌鸫会站在其中一棵树的顶上唱歌，我不会。他们可以留在这里度过整个冬天。

他仰面朝天地躺在床上。

如果他是大象，很多事情他不会去想，也有很多事情他会费力去想。

他把毯子捂得更严实了些，聆听着风撞击小屋墙壁的声音，渐渐睡着了。

# 43

"如果我是你的话,大象,"蟋蟀说,"我会想变成我自己。如果你是我的话,你也会想一直成为我。这一点,我很肯定。"

他俯身看着大象。大象刚刚从温顺的栗子树上摔下来,正躺在地上,闭着眼睛,发出微弱的呻吟。

"能成为我自己真是太美好了,大象,希望你也知道这一点……其实,每个人都应该成为我。到时候,我们就可以齐聚一堂,举办一场盛大的派对,你要相信,我们都会到场。大家从四面八方赶来。'嘿,蟋蟀。''你好,蟋蟀。''嘿,蟋蟀,你能来真是太好了!''哎呀,蟋蟀,你也来了!''你也来了!''你也是啊!'"

每当他跟幻想中的一个蟋蟀打招呼时,他就会甩着大象的长鼻子,神采飞扬地上下摇摆。

对于这些,大象丝毫没有察觉,他只是灰蒙蒙、静悄悄地躺在栗子树下。

"多么奇妙的派对啊!"蟋蟀喊道,"我们会拥有享用不尽的幸福。我们会吃光所有的蛋糕,所有的蜂巢、糖霜和奶油,但是,幸福永远不会被吃完。"

他跳到大象的肚子上。

"如果所有人都变成我的话……我就能在天空中翱翔,在大海里畅游,在月球上居住……"

在激动和幸福的冲击下,他腾空而起,想翻一个筋斗,一边翻一边大喊:"所有人都是我!"然而,筋斗没翻成,他重重地跌落在大象的下巴上。

大象瞬间惊醒,抖落身上的蟋蟀,站起身,蹒跚地走开了。

"大象……"蟋蟀呼唤道。可是,神思恍惚的大象已经消失在大树之间,听不到他的呼唤了。

# 44

"如果我是你的话,大象,"萤火虫对大象说,"我会请我自己去往远方,等到天黑,然后,如果我是你的话,我会爬上最高的那棵树,坐在树顶上,不跳舞,是的,我不会那么做,但是我会喊:'我在这里!'而身在远处的我会听到这个声音,缓缓地点亮自己、熄灭自己,再点亮自己。这会是我见过的最美丽的景象。"

他们坐在橡树底下,萤火虫看了看大象,可大象低头看着地面,似乎陷入了沉思。

"这就叫闪烁。"萤火虫说。一想到可能会有人请自己闪烁,他不禁哽咽了。真奇怪,他一边想,一边努力让自己平静下来,他从来没体会过这种感觉。

"如果我是你,"他继续说,"我会喊:'你好,萤火虫!我看到你了!'也许,泪水会顺着脸颊向下流淌。"

他又看了看大象,大象依然没有回应。

"这也没什么奇怪的,对吧?"萤火虫说,"幸福的泪水。"

他又缓了一下,在心里想:泪水会落下,但我不会……只不过,他没有把这句话说出口。

"直到天快亮的时候,我才会停止闪烁,大象。"他继续说,"到时候,我肯定会感到很累。"

他沉默不语,大象同样沉默不语。

太阳渐渐隐没在树梢背后。

过了好一会儿,萤火虫飞走了,大象则抬起头,顺着橡树的树干向上仰望。

我也可以毫无来由地闪烁,萤火虫想,想闪就闪。

他飞了好一段路,在暮色的笼罩下,落在桑树的一根树枝上,静静地、毫无来由地闪烁。

我确实有点儿伤心,他想,的确如此,但这并不代表不幸福。是的,我没有不幸福。我也不想那样,那不是我希望的。我保证。

大象慢慢吞吞、犹犹豫豫地把脚踩在橡树最低处的树枝上,轻轻地说了一声"哟吼"。原本,他要过上很久才会这么喊。

我有点儿迷茫。他想。

萤火虫目送他往上爬,一句话也没有说,只是躲在几片树叶背后,继续独自闪烁。

# 45

"如果我是你,大象,那么,我会请我自己给你写一封信。"一天晚上,猫头鹰对大象说。

"好的。"大象呻吟道。他正躺在桦树底下。

就在那天晚上,猫头鹰给所有动物写了一封信,请求他们帮忙解决大象的问题。

这个问题就是摔落。

那是一封令人心碎的信。当天夜里,动物们从四面八方涌向桦树,把大象团团围住。他依然躺在地上,不住地呻吟。

他们想出了几十种不同的方式,用来帮他解决问题。

一个动物建议把他五花大绑,让他动弹不得;另一个动物建议教他如何变得健忘；又有一个动物建议游说他，让他相信远方根本不存在，眼见的都是幻象；有的动物想帮他搬去月球上居住；也有动物想教他用四条腿跳舞；还有动物想告诉他还有哪些从没被人摔碎过的东西可以拿来摔碎；另外还有动物建议他开一家卖柔软枕头和其他睡眠用品的店，肯定会门庭若市，这样一来，他就再也没时间想爬树的事了。

大象躺在地上，闭着眼睛，一一听取建议，对每一个动物点头称是。

"是这样的，"他喃喃地说，"你说得对。是的。我会照做的。我怎么没早点想到呢。这个办法最好。多好的主意啊！啊，当然了！"

解决方案一个比一个好。

"我们怎么没早点儿想到呢……"动物们面面相觑。他们摇摇头，把所有功劳都归于猫头鹰，他们说，是猫头鹰让他们步入正轨的。

黎明时分，太阳还没升起，所有动物都回家了。猫头鹰多坐了一会儿，然后决定给自己再写一封信，于是悄无声息地飞走了。

大象依然躺在桦树下的冰冷地面上。

从今以后，我再也不爬树了……他一本正经地想。

他不知道自己为什么不能再爬树。谁也没有告诉他原因，要不然就是他自己没听懂。不过，大家的确解决了他的问题。

他变得非常悲伤。悲伤仿佛挣脱了四周的灌木丛，向他袭来，尽管它的本意是好的，但悲伤终究是悲伤。

他很想知道，悲伤会不会也是个问题，动物们会有解决它的办法吗？

想到这里，他一跃而起。第一缕阳光照亮了桦树叶上的露珠，照得它们闪闪发光。

我知道该怎么解决我的悲伤了，他兴奋不已地想，我不需要任何人的帮助。

他抬头望向矗立在不远处的槭树树顶。它正享受着阳光的沐浴。他听见红襟鸟在远方歌唱，那是他从没听过的空灵和欢快。

# 46

"如果我是你的话,大象,"长颈鹿说,"我会换一个完全不同的东西去攀爬。"

他们站在白杨树下。大象正准备往上爬,一只脚已经踩上了最低处的树枝。

"换成什么呢?"大象一边问,一边回头看向长颈鹿。

"嗯,"长颈鹿说,"爬到我的脖子上,你不想试试看吗?我不介意。"

"你的脖子?"大象惊讶地问。他仔仔细细地打量了一番长颈鹿的脖子,把脚收回地面。

"对啊,"长颈鹿说,"你还可以在我的头顶上跳舞,我也不介意。而且,你看到那两根小鹿角了吗?如果你被绊倒了,就可以抓住它们。我猜这原本就是它们的用途,只不过,我也不太确定。"

他叹了一口气。它们还从来没有被人抓过呢,他心想。

"然后呢?"大象问道。毕竟,在跳舞和绊倒之后,随之而来的总是摔落。

"然后,我会弯下腰,"长颈鹿说,"把头低到地面上。这样,你就可以轻而易举地从我身上下来了。"

大象想了想。他觉得这个提议有点儿古怪,不过,他倒是很愿意试一次。

于是,某天下午,他沿着长颈鹿的脖子爬了上去,在长颈鹿的头顶上跳了几步舞,绊了一下,赶紧抓住那两根小鹿角,喊道:"快弯腰!"不一会儿,他就回到了地面上。

"瞧见了吧?"长颈鹿说。

"是的。"大象说。

然而,他一点儿也不开心,因为他看到的远方太小了。在他看来,那根本算不上什么远方。况且,至于摔倒……摔倒有几分魅力。那是他无法解释的东西,就连对自己也解释不清,但是,它十分重要。他确信,没有任何事能比它更重要。即便一切都变得不重要了,它也依然很重要。这一点,他非常肯定。

于是,片刻过后,他还是爬上了白杨树,长颈鹿则摇着头走远了。他拐了个弯,不一会儿,便听见身后传来一声"哟吼",紧接着便是一记沉闷的声响。

# 47

"如果我是你的话,大象,"极北蝰说,"我就会把自己打成一个结。"

大象躺在橡树下,他刚从树上摔下来,轻轻呻吟着,觉得这个主意还不错。

极北蝰帮了他一把,不一会儿,大象就真的被打成了一个结。极北蝰把这个结扎得结结实实的。

大象还是发出了微弱的呻吟声。

"这可不太舒服,极北蝰。"他说。

"是的,"极北蝰说,"不需要舒服。"

"对了,我的长鼻子去哪儿了?"

"在这里。"极北蝰说着,捏了捏长鼻子的尖端。它被压在大象的背后,塞进其中一个膝盖底下。

"哎哟。"大象说。

"你觉得你待会儿还会爬树吗?"极北蟥问。

"不会。"

"很好。"极北蟥说。他喜欢打结,也喜欢把自己打成结。

他向大象告别,说他得继续上路了。

"再见,极北蟥,"大象喃喃地说,"谢谢你。"

极北蟥消失在树丛中,留下被打成结的大象,他一直躺在橡树下。

我是……他想。可是,他的思绪断了。

两个动物看见了这一幕,推搡了一下对方。

"那是什么东西?"

"是灰色的结。"

"那是谁?"

"一个复杂的人。"

"我不知道世界上还有这样的人。"

"嗯,他几乎不存在。"

"他参加过生日派对吗?"

"你说谁?"

"灰色的结。"

"不,他太复杂了,去不了。"

"真遗憾。我明天过生日。"

"哦,是吗?"

"是啊。你会来吗?我等你。"

"会有桦树皮蛋糕吗？"

"有的。多得吃不完。"

"那我一定来！"

他们说着走远了。

"救命啊，"大象在他们背后喊道，"说实话，我是大象！"但是，那两个动物的身影已经消失在了树林间。

"谁能帮帮我？"他轻声地哀求。

"帮什么？"森林里传来几个声音。

"帮我把这个结解开。"

"哦。"

不一会儿，蟋蟀和老鼠从灌木丛中钻出来，帮他把结解开了。

大象还没来得及说一句"谢谢你们"，就飞快地沿着橡树树干爬了上去，匆匆瞥了一眼远方，急忙在树顶上来回踱了几步，然后紧紧抿着嘴唇，摔了下来，重重地落到地上，发出一声老派的闷响。他一声不吭，默默地承受着头上的肿块和受伤的肋骨。之后的事，他就什么都不知道了。

# 48

"我很希望能成为你,大象,"有一次,渡鸦对大象说,"那样,我就不会飞了,但是,我会总是惦记着飞翔,梦见飞翔,当我闭上眼睛的时候,我就会想象自己在云层里遨游,在森林的高空中翱翔。现在,我根本不会做这样的梦。每当我飞行的时候,我也根本不会思考。"

他们一起坐在橡树下的草地上,喝着茶。

大象若有所思地看着他空空如也的茶杯。

"我真的不会飞。"他说。

渡鸦点点头。

"可是,也许我差一点儿就会飞了,"大象说。他看着渡鸦,"这也是有可能的吧?"

他清了清嗓子，闭上眼睛，想象自己在空中飞翔。他的耳朵变成了翅膀。他环顾四周，看见了远处的大草原。他飞得更高了一些，看到大海，还有大海后面正在徐徐落下的太阳，以及太阳背后的星星。

"是啊，"渡鸦说，"是有可能的。这就是我的意思。"

大象重新睁开眼睛。他的额头上出现了几道皱纹。他陷入了深深的思索。

渡鸦又倒了些茶，说："差一点儿会飞是一件非常特别的事，大象。你千万不要忘记。我已经做不到了。"

大象沉默不语。

天色渐渐暗了下来。

"走吧，"渡鸦说，"我要赶在天黑前再飞一会儿。再见，大象。"

"再见，渡鸦。"大象说。他目送渡鸦飞向远方，越过无数次让他摔下来的树顶。

有些事，我想不明白。他想。

他站起来，走进森林。他每经过一棵树都会撞一下，然而，他的思绪早就飘远了，以至于他都没有心思叫一声"哎哟"。

也许，我差一点儿就明白了，他想，只是，还差一小点儿。也许，所有人都已经明白了，他们还因为我不明白而嫉妒我。

一到家,他就径直爬上了床。

他在床上仰面躺了很久,凝视着天花板,心里惦记着爬树、飞翔,以及睡不着。

也许,睡不着也是一件很特别的事,他想,差一点儿睡不着。

想到这里,他便睡着了。

# 49

一天早晨，住在海底深处的抹香鲸收到了一封信：

尊敬的抹香鲸：
　　如果您是大象的话，
　　您会怎么做呢？

信上没有署名。

抹香鲸把这封信翻看了足足十遍。他从来没有收到过信，更没有被人称呼过"尊敬的抹香鲸"。

他游向海面，深深地吸了一口气，重新潜回海底。

如果我是大象的话，我会怎么做呢？他想，唉，怎么做呢？

他一连思考了好几天，却一点儿进展也没有。一天早晨，太阳从厚厚的云层后面露了出来，暴风雨掀起波浪，就连海底的水域也在翻涌，搅动沙石。他一边疯狂地甩动尾巴，一边大声喊叫："我根本就不想成为大象！"

随后，他又冷静下来，心想：我也不是非得成为他吧？

他伸展了一下身体，大声说："我的意愿才是最重要的，不是吗？"

然而，他知道，这并不是信里那个问题的答案。

接下来的几个星期，他都忧心忡忡地躺在海底黑暗的沙床上。他试图想象自己是大象，随波浮沉，不时爬上一朵浪花，然后又被暴力地拍到水下。他很想知道，大象会不会想变成他，变成抹香鲸，永远孤孤单单地住在海底。这似乎不太可能。

终于，他写了一封回信：

尊敬的佚名：
  我不知道。
  我想，肯定是什么都不做。

抹香鲸

然后,他把这封信、大象,以及其他所有能忘掉的事都抛在了脑后。

# 50

在森林深处,野牛和水牛没有好好看路,不小心撞作一团。

他们停下脚步,摸摸自己的脑袋,看看有没有鼓包,皱着眉头,盯着对方。

他们经过的那条小路很窄,没法错开。

"如果我是大象的话,"水牛说,"那么,我会立刻把你推到一旁,野牛。"

"如果我是大象的话,"野牛说,"那么,我会用长鼻子把你举起来,扔到灌木丛里。"

"可是,如果我是大象的话,"水牛一边说,一边用鼻子在地上磨蹭,"那么,我会立刻爬到树上,从上面掉下来,砸在你身上。"

"如果我是大象的话,我会把你吹翻,让你被卷到半空中,随风飘荡,然后,我一把抓住你,挂在你身上荡来荡去。"野牛说。

"如果我是大象的话,"水牛说,"那么,我会放声嘲笑你,笑到你羞愧得缩成一团。如果有人问我:'喂,大象,野牛去哪儿了……'我会说:'你说那只小野牛?那个穿着破旧外套的小不点儿?他不见了。'"

"如果我是大象的话,"野牛思索了一会儿说,"那么,现在就会变成冬天,你会被冻住。"

"如果我是大象的话,"水牛嚷嚷起来,"那么,所有人都会为你从来不过生日而倍感愤怒,渐渐地,大家都会开始怀疑你根本就不存在!"

"如果我是大象的话,我会立刻给你写一封信,"野牛又思考了好一会儿,然后说,"我会写:亲爱的水牛,我是大象。我很着急。你能让让我吗?我必须立刻爬到那棵橡树上才行,大象。"

水牛点点头,说:"好的。"然后,他往旁边挪了一步。

野牛以最快的速度从他身旁走过。但是,他的肩膀不小心撞到了水牛,水牛四脚朝天地掉进了火棘丛里。

当天晚上,野牛给水牛写了一封真正的信:

亲爱的水牛:

谢谢你让我先走。

如果我是大象的话,我今天下午会在橡树顶端放声大喊,

说你是世界上最友善的动物。

我是野牛……

明天,我要为你开一场派对。

不是为了过生日。

我只邀请那些同样觉得你很友善的人。

明天晚上。

野牛

水牛读完野牛的信,搓了搓他的蹄子,写了一封回信:

亲爱的野牛:

如果我是大象的话,

我现在浑身上下都会疼得厉害,

没法去参加派对。

但是,我是水牛。

我会去的。

明天见。

水牛

# 51

深秋时节的一天傍晚，鼹鼠和蚯蚓在橡树下的土地里相视而坐，一同啃着一块黑色的蛋糕，等着外面的天色变得足够暗，足以让他们顺着一架黑色的小梯子爬上去，去"盛一把黑暗"。就在这时，从他们的头顶传来了一记沉闷的声响，那之前是一声听起来酷似"哟吼"的喊叫，之后是一阵冗长的呻吟声，然后渐渐趋于宁静。

鼹鼠和蚯蚓的家被震得左摇右晃，黑色的柜子倒塌了，泥墙上裂开了许多宽大的口子，一大块、一大块的土地和泥巴四处飞溅。

鼹鼠和蚯蚓对视了一眼，点点头，叹了一口气，耸了耸肩膀，然后又摇了摇头。

他们沉默了好一会儿，接着拍了拍散落在衣服和头发上的泥土。

"如果我们是大象的话……"鼹鼠开口说道。要知道，他们经过长时间的猜测和推算，终于达成一致，认为在他们头顶喊"哟吼"的是大象，他摔在他们头顶的地面上。

"在呢。"蚯蚓应了一声。

但是，鼹鼠不知道接下来该说些什么，蚯蚓也不知道。

如果他们是大象的话，会发生什么样的变化呢？

他们肯定还是会在地底下相视而坐，只不过，他们俩都长出了一条长鼻子，还有又大又软的耳朵和毫无用处的四肢。

也许，他们还是会等待黑夜的降临，喝着黑色的茶，对彼此说"是的，大象"和"不是的，大象"。

还有呢？

无论大象多少次从橡树上摔下来，砸在他们的屋顶上，把房子震得左摇右晃甚至轰然倒塌，他们能做的也不外乎就是彼此对视、点点头、耸耸肩、摇摇头，说上一句："如果我们是大象的话……"

有一次，鼹鼠补充了一句："……那么，我们肯定知道该怎么办。"听到这句话，蚯蚓极其惊讶地看着他，问究竟该怎么办。鼹鼠转身溜进了一条地道，直到蚯蚓喊他出来跳舞的时候，他才再度现身。那一

123

身为一只象

晚,他们心存愧疚,默默地跳了一整夜舞。

· 他们收拾好房间,修补了墙壁,把泥土重新填实,把柜子扶正,然后顺着黑色的小梯子爬了上去。

外面鸦雀无声、一团漆黑,低垂的云覆盖了天空。除了散落在橡树下的枝丫和叶子,再也看不见大象的踪影。

鼹鼠和蚯蚓爬到苔藓上,搂着彼此的腰,小心翼翼、温文尔雅地跳起舞,心中多了几分伤感。

就这样,他们盛了一把黑暗,把大象抛到了脑后。

# 52

一天早晨,大象站在橡树下。

他思考了很长时间,权衡了各种利弊,打算往上爬。就在这时,河马走了过来。

"你好,河马。"大象说。

河马没有理会他。他把一只脚踩在橡树最低处的树枝上,用力撑起身,动身往上爬。

"河马!"大象喊道。

可是,河马没有回头,只是平静地继续往上爬。

随着时间一分一秒地过去,他终于到达了橡树顶端。

大象看见他四下张望,听见他喃喃自语:"远方。"接着,他看到河马单脚站立,原地转了一圈,思考片刻，然后向上一跃，做了一个简单的后空翻。

随后，他冷静又严肃地沿着树干爬了下来。

等他回到地面后，他拍去身上的尘土，侧过身看了看大象，耸耸肩膀，朝着森林深处走去，直奔小河的方向。

那一天，大象无比失落，但是，他没有告诉任何人他失落的原因。

# 53

亲爱的大象:

    我刚刚听到你又摔下来了。
    你现在正躺在某棵树下的地上。
    你很疼,也许浑身上下都摔断了,
    而且你下定决心再也不爬树了。
    你以为我们觉得你非常愚蠢,
    因为你总是爬树,总是摔下来。
    我们确实觉得你愚蠢。
    但是,我们也敬佩你!
    我们从不去做自己不会做的事情,你却会去做。

我们总是在行动前思来想去，权衡利弊——你却干干脆脆地开始。

我们害怕犯错，害怕判断失误——你的脑子里却装着更重要的事情。

大象，我写信给你，是因为我知道我们还会无数次对你说，

你不应该再爬树了，我们为你感到难过，如果我们是你的话，

我们绝不会再爬树了——然而，事实上，我们和你一样，

也想在树顶上跳舞，

即便我们会摔得和你一样惨。

大象，不要听我们的。继续爬吧！

松鼠放下笔，望向窗外。

这是夏日里暖和、无风的一天。

远处，他听见大象在喊："哎哟！哎哟！"

他重新读了一遍写好的信，随后把它撕得粉碎。

然后，他从山毛榉树上爬了下来，朝着躺在橡树下的大象走去。大象闭着眼睛，轻轻地呻吟着。

松鼠坐在他身旁的苔藓上，摇了摇头。

"大象啊，大象……"他说。

大象在无眠的
夜晚写下这些

其实，我应该生自己的气，
揪住我那对傻乎乎的耳朵，
拧一把——
或者狠狠地捶打摔断的肋骨——
然后说，一切都结束了，
一切，
你明白了吗？

可是，我怎么能对这样一个
笨拙、无可救药的自己生气呢？

当我站在一棵大树的顶上跳舞时，
即使只是小半步，
我也觉得美妙至极。

没有人像我这样跳舞。

没有人像我这样摔落。

就算我不再攀爬，我也还是会摔落，
只是方式不同，
我会感受到另一种疼痛，
摔断别的什么东西。

可是,如果我不再攀爬,就没有人会停下脚步,
没有人会捂住脸,
没有人会因为恐惧而发出惊呼。

也没有人会跪倒在我身旁。


我记得我爬过的每一棵树,
我曾在那里瞥见大海,
我曾从那里摔落下来。

我记得每一次的摔落,
记得撞击地面时发出的声响,
记得每一阵疼痛,
我能清楚指出每一个曾经长出鼓包的地方,
每一根曾被我折断的肋骨。

我记得每一句不再攀爬的誓言,
也记得每一个违背誓言的理由。

我记得每一个梦想,想要,想要……

我的记忆是一片海洋,
一眼望不到陆地。

今天,我很强大。
他们纷纷向我祝贺:
"大象,今天你真强大啊!"
他们送我礼物,
为我烤蛋糕,给我唱歌,
仿佛今天是我的生日。
他们说,他们很敬佩我,
说他们一直都知道,
说我其实非常强大,
说这不过是时间问题,
至于我的那些泪水,他们都很理解,
那是喜悦的泪水,
是感激与欢欣的泪水,
他们自己也有,看好了……
今天,我可真是强大,
在草地上,
在橡树下,
向后一靠,躺了一整天!
可是,我并不强大,
我生病了。


当我躺在树下的地上,
有人俯身看着我,

问道:
"大象,你得给我解释一下,
你为什么总是爬树呢?"
我只能轻声回答:
"因为我不爬不行。"

如果他摇着头说:
"可是,这样你就会一直摔下来啊。"
我只能沉默不语。

连耸耸肩膀都做不到。


我不想爬灌木丛,
我不想爬矮树丛,
我不想爬芦苇、蓟、荨麻、
毛茛、草茎、苔藓、沙土、
泥淖、水、空气、黑暗,
我只想爬树,
而且必须是高大的树。

难道不能换来一些回报吗:
比如说,不再摔下来?

他们一遍又一遍地警告我：
"大象，大象，你会再摔下来的……"

让他们去警告栗子树吧，去警告山毛榉果实吧，
去警告那些摆在桌子边缘的杯子吧，
去警告雪吧。

"你的结局会很悲惨。"

反正我从来没有过别的结局。


好几天没爬树了，
所以也没有摔下来，没有骨折，没有瘀伤，
浑身上下哪儿都不疼——
多么安静啊！

甚至已经不再记得——甚至觉得不可能——
我会。

我跪倒在自己面前：
哦，大象……

多么确定！多么害怕！

大象在无眠的夜晚写下这些

偶尔会有那么一瞬间的幸福，
就在我摔下去之前，
这就是我能做到的全部。

但是，也许，这才是真正的幸福，
唯一的、真正的幸福。

而摔落是它的一部分。


我，大象，在任何可以攀爬的地方攀爬，
在任何可以摔落的地方摔落，
我累了，
我要去睡觉了。
睡着时我会梦见，
摔落变成了飘落，
我站在山毛榉的顶端，缓缓飘落，
飘过松鼠的家，
在他的窗外稍作停留。
"你好，松鼠。"
"你好，大象，你来做客吗？"
"好啊。"
然后我就飘进屋里。
我们一起喝茶，说没有任何东西能打扰我们。

在我继续往下飘落之前,我在他的灯上荡一会儿秋千,
连同那盏灯一起慢慢向下飘落。
然后又飘出屋外,
继续飘啊飘,穿过山毛榉的枝丫,
飘落到苔藓上。
在飘落中入睡,梦见飘落就是摔落。
一边惊醒,一边大喊着不是这样。
的确不是这样,永远都不会是这样。

我是大象,
我很累。


无论我做什么,无论我怎么攀爬,
我缺少的是对自己一定会摔下来的认知。

如果我真的认知到了这一点,我就再也不会攀爬,
再也不会感到幸福,
也再也不会感到不幸。
前所未有的不幸。

我不想认知,

我不想正视,也不想意识到什么,
我不想去考虑这些。

我是大象,
我就是会爬树。


偶尔,当我在攀爬时,我以为自己在跌落,
心中充满了恐惧。

偶尔,当我在跌落时,我以为自己在攀爬,
于是平静又舒畅地继续下坠。


也许,我就是唯一能够摔下来的人,
也许,他们无一不在想:
我好想成为大象啊……
在橡树顶端跳舞,
然后还能摔落下来……
仅凭他高喊"哟吼"时的样子……
还有那些鼓包……
我的脑袋上还从来没有长过鼓包,
从来没有摔断过任何东西……

可是,他们没法成为我。

每个人都能攀爬,
可是摔落是一门艺术。
我的艺术。

——看,在那儿,看到没有?
——哎呀,好美啊!那一抹灰色,还有那些折断的枝丫……
——还有那速度……
——还有那一声巨响……多么动听的巨响啊……
——还有那些"哎哟!哎哟!"里流露出来的坚定……

随后,我在崇拜者们的见证下,
谦卑又有力地抚摸着后脑勺上巨大的鼓包。


如果我必须选择:
明天爬到树顶,
或许能瞥见远方,
出于纯粹的激动单腿站立,做一个单脚尖旋转,
绊倒,
然后摔下来,狠狠地摔下来……

或是:
昨天站在树顶上,
看到了大海,
做出有史以来最美的单脚尖旋转,
而且没有摔下来……
那么我会选择明天。

昨天是一根折断的树枝,躺在地上,
已经开始腐烂。


那些攀爬而从不摔落的人,
他们能到达最高的山峰,
看见最广阔、最美丽的远方,
迈出几个舞步,
带着完美、优雅和轻松。
在他们脚下那令人眩晕的深渊前,
向千百位观众深深鞠躬。

他们不知恐惧,不曾预感到痛苦和无尽的悔恨。

他们错了。

我不想攀爬,
是那些树要我攀爬,
要我在它们的顶端失去理智,
然后跌落。

树喜欢跌落,喜欢看人跌落,喜欢听到跌落的声音,
喜欢让人跌落——
离开了我,它们就只能无止境地站在那里,
随风沙沙作响。


这一点,我确信无疑:

如果每个人都爬到大树的树顶,
包括蜗牛、鼹鼠和刺猬,
在那树顶上翩翩起舞,
一下接一下地单脚尖旋转,
单腿、单刺、单触角或单牙齿站立,
只有一个人会摔下来,
唯一的一个人,
摔下来的会是我。

刚好在附近,
听见我跌落。

"真贴心啊,疼痛!"

找到一个位置,在我的脑袋里,
或者在我的脊背上,
或者在我的肋骨间。

有足够的事要做:
叮咬、敲击、钻探、唠叨。

还会问我能不能小点儿声呻吟,
小点儿声哀叹也可以。

整晚的时间供他随意挥霍。


疼痛是世间最寻常不过的东西。

几乎世上的一切都很寻常,
醒来是寻常的,
起床、太阳、红襟鸟、
松脂的气味、脚下嘎吱作响的小枝丫、

天空的湛蓝。

筹备工作很寻常,顾虑、打算,
有些打算——甚至是郑重的打算——
这些打算毫无不寻常之处。

无法遵守那些打算也很寻常,
甚至比打算本身更加寻常。

疼痛却是最寻常的,
世上最寻常的事,
到处都是疼痛。


攀爬就是睡觉。
我不想睡觉,
但是,我每晚都会睡觉。

树木就是梦境。

跌落就是醒来。
我不想醒来。
我想睡觉。

树啊，听我说，我可以解释：
攀爬是水到渠成，
这并非我的意图——
我没有任何意图，
甚至不知道什么是意图。

你们想要我怎样，
要我沙沙作响？
要我将树冠低垂？
要我在风中左摇右晃？
要红襟鸟在我的耳边歌唱？
你们只管说，我什么都可以。

只要能换来不再跌落。


跌落是附带品，
痛苦也是。

决心、承诺、常识、悔恨、羞愧，
通通是附带品。

但是，攀爬不是附带品。

跳舞也不是,清晨时分,
在树顶跳舞,
远处的海,
那波光粼粼的海面。


现在我明白了:
我攀爬,是因为我想要攀爬。
我跌落,是因为我不想跌落。

那么我应该怎么办?
应该是不想攀爬,却想要跌落。

噢,如果我能把自己打个结,
那么我一定会把自己打个结……

而且再也不想被解开,
不被任何人解开。


我不喜欢正确的决定——
现在我明白了——
那些理智的、深思熟虑的、
经过反复权衡才做出的决定。

我喜欢错误的决定,
那些一时冲动下做出的决定,
每天都重新做一遍。


啊,大树,
为什么单是轻轻的树叶沙沙声还不够,
枝丫的嘎吱声,
叶片上的露珠,
洒落其上的阳光,
为什么仅仅思索就不够呢,
只是思索,
在你们其中一棵树的树荫下倚靠着思索——
我能思索一切,
我能思索攀爬,我能思索天空,
我能思索远方的大海,
我也能思索摔落和疼痛,
我能思索可怕的痛苦,
然后把它从脑海中抹去,绕过它思索,
越过它思索。

为什么仅仅思索还是不够?

我能够理解。

如果有一棵树爬到我身上,
踩掉我鼻子上的皮,
站在我的牙齿上把它们踩碎,
抓着我的耳朵往上爬,
最后在我的头顶上跳舞,

那我也会让它摔下去。


跌落是水到渠成,
仿佛有人在说:
把它交给我吧,大象……
而我还没来得及回答,就已经开始跌落了。

我希望攀爬也能像这样水到渠成,
还有跳舞,
仿佛有人在说——一个舞跳得很好的人,
跟着我学,大象……
于是,我跳起舞,就像他一样。

在大树的顶端。

很多事我都想放下——
我的耳朵、我的灰色、我的鸣叫,
还有许许多多——
但我必须更加理智,
我永远也不能放下。

如果我真的理智,
那么我该对自己多么失望啊。


如果我能看见自己攀爬的样子:
一团灰色的庞然大物艰难地向上蠕动。

我简直无法直视。

最糟糕的还在后头:
那个单脚尖旋转,
那团无法形容的灰色傻大个的奇妙单脚尖旋转。

我的羞耻心在哪里,
有人见到我的羞耻心了吗?

并且预知我会跌落,
然后再次攀爬:

带着肿包的灰色傻大个继续向上挪动。

显然,我根本毫不在乎。


重力……
荒唐。
让他来替我操心吧。
如果我不想掉下来,我就不会掉下来。
让他自己掉下去好了。

"看哪,什么东西从树上掉下来了?是大象吗?"
"不是,那是重力。大象飘在空中,在星星之间。"
"他在那里做什么?"
"超越自己。"

重力……
让他把自己举起来试试看。


看哪,刺猬和乌龟正站在那里,
他们不知道什么是攀爬,
他们彼此交谈,
但不谈论攀爬,

也不谈论跌落。
他们的生活从指尖流逝,
从未谈起过这些,
甚至从未想过这些。

我站在这里,
我的生活从指间流逝,
却从未想过其他事情。

月亮挂在那里,
她不思考,
她永远不会从指间消逝。


有一天醒来时,
不再是大象。
哪怕是水母、蟑螂或者醋鳗。
但绝不是大象。

随便闲逛,什么事都不用做,
没有人来做客,没有生日,没有疼痛,没有缺失,
也不出门,
不抬头仰望,

不会突然迫不及待地非要做什么不可,
不会有什么无论如何都放不下的事情,
也不用试图把自己想象成大象,
因为我不是大象。

晚上再度入睡,
没有什么值得回顾的,
没有什么会让我朝一边侧躺不舒服,
换另一边也不舒服,
也没有什么值得梦见的。


要是我能爬上一根小草,
能看见远方,只不过,那是很小的远方——
我称它为"小远方",属于我的小远方——
然后做一个微小的单脚尖旋转,
掉下来——
一次微不足道的跌落,一次微乎其微的跌落——
他们会俯身在我身旁,
长颈鹿、河马、乌龟、土豚,
还有蜥蜴,
在长时间仔细观察了我的后脑勺之后,
其中一人大喊大叫:
"这里,这里,这里有一个小肿包……!"

如果我向下爬，
爬向深处，
直到橡树最深处的根。
在那里看见黑暗，
如此浓重、如此深沉地将我紧紧包围。
那是我从没见过的黑暗。

如果我幸福得想要翩翩起舞……

那么，坠落的反面会是什么？
上升？
不，卡住了，动弹不得。

那么，悔恨的反面呢？


现在，我十分确定：
明天，我不会爬树。

但是，我也知道，越是确定的事情，
就越是不确定。

其实，我现在根本不应该确定，
自己明天不会爬树。

也许，我就真的不再爬了。

也许，我此刻应该想：
明天，我要再爬一棵树……
我应该搓搓手，
想象自己已经站在树顶上，
跳着舞，原地转着圈。
然后，我不再去爬树。


我又想起来了，
有人发现了摔倒。

它很小，很简单，
也不疼——
几乎所有人都觉得这算不上什么发现：
"就这，我也能发现。"

他们不知道该拿它怎么办，
便把它交给我。

我把它变得很大、很复杂，
还很疼痛。

当我躺在地上,
脑袋上鼓起一个比脑袋还大的肿包,
身上有上百根断裂的肋骨,
所有人都围绕在我身边,用怜悯的目光看着我,
摇着头,
不再指望我有朝一日会变得明智,
这时,我必须挺身而出,
指着头顶上方的树梢,
说:
"可是,我跳过舞,我是一个大人物。
你们只是一群凡人。"


要是有人对我说:
大象,你可以爬这棵树,
但不是非爬不可。

要是我爬到了顶端,看见了大海——
大象,你可以跳舞,甚至可以单脚尖旋转,
但不是非跳不可。

要是我跳了舞,整个世界都围绕着我旋转——
大象,你可以坠落,
但不是非坠落不可……

为什么太阳不会坠落?
为什么我从来不能徐徐落下?


为什么,为什么……
没有为什么。
为什么根本不存在,它从来没有存在过,
也永远不会存在。

因此倒是存在。

因此我无法入睡,
因此明天我又要爬树,
因此我还会再次跌落,
第无数次摔断我所有的肋骨。

因此,我要把这一切全部记录下来。

产品经理：张雅洁
视觉统筹：马仕睿 @typo_d
印制统筹：赵路江
美术编辑：程　阁
版权统筹：李晓苏
营销统筹：好同学

豆瓣 / 微博 / 小红书 / 公众号
搜索「轻读文库」

mail@qingduwenku.com